文芸社セレクション

愛しいラブレター　戀衣《こいごろも》

八十八　學無

YASOYA Gakumu

JN179247

文芸社

目次

愛しいラブレター

戀衣《こいごろも》

序　章

轟《とどろき》圭介《けいすけ》は東京物産株式会社での最後の赴任地、北米シアトルで一年前に定年通知を受け取った。定年の文字を前にして改めて歳月の流れの早さを思い知った。光陰《こういん》矢の如し、思いが原点に回帰した。原点はすでにセピア色に変わっている。何故だか寂しい風が胸の中を吹き抜けた。それは過去への後悔だったのかもしれない。風よ止まれ、その呟きはもう遅い。

轟圭介は大学卒業と同時に超一流企業東京物産に入社した。海外部に配属されて早々にロサンゼルス支社勤務を命ぜられて以来、四十年近く海外で過ごした。数えてみれば北米、欧州を含め九ヵ国の支店で会社のためにきびしい市場戦争の中を生き抜いてきた。それが当たり前だと信じていたからだ。

最後の赴任地シアトルには思い出が多い。イチロー選手の活躍や、休日に出向いたパイク・プレイス・フィッシュ・マーケットはシアトル一の観光名所で魚が飛ぶパフォーマンスで有名、サンデーアイスクリーム・クルーズは毎日曜日シアトル漁港から出航し、沿岸の景色を眺めながら船内でアイスクリームやドリンクが楽しめる。カヤック・テイラム・カウンティーではオレゴン州各地の川や湖で余暇を楽しんだ日々を数え上げれば限りがない。

支社で引き継ぎを終え一年前に帰国した。本社に戻っても自分の席はない。当たり前のことである。待っているのは定年退職という先の無い席だ。送別会が催された。同期入社の社員も定年退職などで散り散りとなり知り合いなど皆無に等しい。知り合いといえば海外支社と本社の担当部署の連絡係といった存在の男子と女子社員十数人だけだ。淋しさだけが背中を押した。本社海外担当部署へ挨拶に回っても無味乾燥的な雰囲気に、海外支社が懐かしく踵を返したい心境におそわれた。しかしそれは不可能で詮ないことだ。空洞の中に気持ちが沈んでいく。今は亡き両親の遺影だけがやさしい笑顔で、ご苦労さんでしたと声なき声をかけてくれた。

轟圭介六十歳、結婚歴なしの独身、身長一メートル八十五センチ、体重七十五キロ、特技は英語、柔道四段、空手二段、風貌は日本映画界で活躍するアクションスター似。実年齢より十歳は若く見える初老好男子。

轟は信念があって独身を貫いてきたわけではない、恋も結婚も考える余裕がなかったというのが本音である。世にいう企業戦士であったからだ。

海外駐在員の存在価値は実績のみ評価されるもので、実績の度合が低ければ、それなりの評価しか与えられない、厳しいサラリーマン社会だ。

轟が長い海外駐在員生活を送れたのも常に実績を上げ続け会社に貢献してきたからだ。我武者羅に働いて実績を上げてきた。それも定年退職の翌日からは実績も何もかもが過去のものとなった。その実績の負の代償が自分にとっては未婚のまま定年を迎えたことだ。自分の人生にとって最大の失点を残した。取り返すことのできない失点だ。轟は厳しいビジネス戦争という拘束から解かれ一介の閑人《ひまじん》となったいま、はじめて人生の機微にふれたような気持になった。これから先、再就職するにせよ残り少ない人生を考えれば気持ちの中に切なさと詮なさが混在し、西の空に茜雲が流れ、日暮れとともに独り身の悲哀が伸し掛かってくる。今はただ人恋しいのひと言につきる。あの騒々しい多忙を極めた駐在員時代が懐かしく異国の情景が脳裏を日々占拠する。

轟圭介の両親はすでに他界している。正真正銘の天涯孤独《てんがいこどく》の身だ。今朝も洗面台の前に立って鏡に映る我が顔をつくづく眺めた。白いものが交じった頭髪と顔相の変化に老いの年齢を感じるのは自分だけだろうか、耳元でブーンと小さな羽音がした。米粒の半分にも満たない羽虫が鏡に映る轟の額に止まった。俺の孤独を知っているのか、轟はいまの自分に羽虫を重ね合わせ苦笑した。苦笑の中から羽虫がブーンと短い羽音を残して飛び立った。羽虫を目で追ったが羽音と一緒に羽虫の影もすぐに消えた。洗面所は元の静けさに戻った。

閑静な住宅地にある轟家には、日中は戸外から登下校する学童の声や自動車の排気音、パトカーか救急車のサイレンがたまに聞こえてくる。風にのってＪＲ中央線を走る電車のかすかな走行音、いずれも生活音だけが潮騒のように入り込んでくるだけの静寂な空間だけが存在する轟家である。

轟圭介には両親が東京都下吉祥寺に遺してくれた百五十坪の土地に八十坪の家屋、五千万円の預金、なにがしかの株券、それに轟の退職金、年金を加えた資産が全財産だ。これだけあれば当分どころか生命果てるときまで生活に困ることはない。帰国して一年余りが過ぎ、やっと日々の孤独な生活にも慣れてきた。

一　電車の中の美少女

「久しぶりに銀座へ出掛けてみるか」誰も居ない静寂な居間の空間にぼそっと独りごちた。目的があるわけでもない。人恋しさが華やかな銀座を連想させたのだろう。

再就職するにせよ当分は休養するつもりでいる。時間は十分にある。

ＪＲ吉祥寺駅前の喫茶店「山彦」で朝昼兼用のフレンチトースト、野菜サラダ、濃い目のコーヒーで腹を固める。山彦へは帰国以来二日に一回の割合で通っている。四十年近く使い慣れている腕時計に目を落すと十一時を指している。

中央線快速で吉祥寺駅から荻窪経由、東京メトロ丸ノ内線で銀座へ向かう。平日の地下鉄は朝夕のラッシュ時を除けば比較的空いている。地下鉄荻窪駅は始発駅である。この時間は楽に座れる。轟は急ぐ用もないので先発する電車を横目に見て後発の電車に乗った。丸ノ内線の四ツ谷駅は地上にある。車窓から春の陽差しがどっと入り込んできた。右側の車窓に満開の桜風景が展開した。

轟はワシントン駐在時に二、三度訪れたポトマック河畔に咲きほこる桜ソメイヨシノの満開風景を思い出した。ある年の春、地元テレビ局が日本から贈られた桜の名所を紹介していた。支社に現地採用されていたドイツ系アメリカ美人のジェシーにせがまれて桜見物に連れて行ったことがある。轟は気づかなかったがジェシーは轟に恋心を抱いていた。しかし東奔西走する轟はジェシーの気持ちの中を見抜くことができなかった。ワシントン支社からパリ支社への転勤辞令を受け出発する日に同僚からジェシーの気持ちを聞かされた。ほろ苦い思い出が車窓の桜と一緒に散っていった。電車は再び地下に入った。何秒かの思い出にひたった風景だった。

赤坂見附駅を出発した時、前の車両から十七、八歳と思しい少女が移ってきた。轟の正面シートの両隣に座る乗客に軽く頭を下げ座った。ポニーテールのよく似合う清楚な少女だ。少女は小さなハンドバッグから文庫本を取り出し読書をはじめた。轟はその仕草を見た時、四十数年前の甘酸っぱい思い出が甦ってきた。

高校一年の初恋…いま前に座っている少女と同じポニーテールの似合う宮城千恵の初々しい容姿が脳裏に鮮明に戻ってきた。記憶の映像が過去に向かって逆回転をはじめた。ところどころ映像が切れる。歳月の長さが薄い記憶となって時々邪魔をするのだろう。

轟は目を瞑《つむ》って映像が止まるのを待った。

千恵とは高校一年のテニスクラブで知り合った。ポニーテールに制服がよく似合う可憐な少女だった。学校のアイドル的存在で轟にとってはライバルが多かった。

互いに意識しながらも周囲に気遣って告白するチャンスがなかった。高校生活の三年もあっという間に過ぎ、千恵と轟は別々の大学に進み四十数年の歳月が流れた。

二　暴漢から美少女を護る

轟は目の前の少女に邪心など全くなく、単純に少女と話したいと年甲斐もなく思った。反面で詮《せん》ないことだと分かっていながらも…。

話したい衝動の裏にはこの歳まで忘れかけていた恋愛、結婚のイメージが脳裏を占拠したのだ。男の働き盛りの時期、ビジネス一筋に走り続けてきた。その反動で結婚の文言さえ忘れかけていた。その反動が自由の身となったいま頭をもたげてきたのだ。

轟は少女が高校高学年か大学の新入生か、いずれにしてもその辺だろうと妄想を広げていった。その妄想に横槍を入れるように「相手は少女だぞ、話しかけるなんてとんでもないことだ。理性が許さないぞ、不可能なことだ、止めとけ、変態呼ばわりされるのが落ちだぞ」轟の分身の声が叱りつけた。そうだ俺は還暦を過ぎた爺さんだ。現実に戻った途端に胸の中に靄が立ち込め羞恥の念にかられた。

少女は相変わらず読書に耽《ふけ》っている。その容姿はどこからみても愛らしい。轟は少女から目を離し周囲を見回したが誰も轟の心情など知る由もなく、ただの乗客でしかなかった。何故かほっとすると同時に切なさが胸中にひろがった。もう一度少女に目を向けた。伏目勝ちに読み耽ける表情は最初の赴任地ロサンゼルス支社で同僚であったキャサリンにどこか風情が似ている。キャサリンはのちに同僚のキムラさんと結婚したとロンドン支店在任中に聞いた。

轟はその頃、キャサリンに淡い恋心を抱いていた。しかし轟の一方的な想い入れで程無くロンドン支社へ転勤になり、恋は成就することなく片想いで幕は下りた。今にして思えば、あの時はすでにキャサリンはキムラさんと…、では何故、あの時は俺にも、その謎は未だ分からない。ま、いいか、楽しい謎としておこう。

「間もなく銀座、銀座です」車内アナウンスに腰を上げる乗客で少しざわついた。少女も降りるのだろう、腰を上げた。轟も少女に心をひかれるままに、もう一度少女に目を向けた。

少女は轟とは別の乗降口に向かった。降りる客の流れに入った轟はホームに立って少女を探したが人混みにまぎれたのか見当たらなかった。虚《むな》しい行為に恥ずかしさを覚えた。

改札を出て地上に出た。春の陽差しが一瞬全身を包む、目の前に紗がかかる。一秒か二秒ほどのことだ。道路標識を見ると銀座四丁目交差点だ。十字型の交差点の角は三愛、和光、三越、日産ギャラリーと有名店舗が目につく。スクランブル交差点の信号が青に変わった。歩行者の群れが四方からどっとなだれ込んでくる。轟が三愛前の交番脇からこの風景を眺めていた時だった、轟の目が一点で止まった。

信号が黄色に変わった。住き来する歩行者が足早に駆け出した。群衆の後尾から地下鉄で見かけた少女が小走りに三越側へ駆け抜けた。少女のゆれるポニーテールが轟の気持ちを少しゆすった。走り去ったコースを轟の目がなぞっていた。その行為を拒否するように還暦を過ぎた年齢が「ここまでだ」と戒《いまし》める。轟は立ち止まったまま信号の変わるのを何回かやり過ごしていた。ここで待てば少女が戻ってくるのではないかと…虚しくも、途方もない発想だ。

巡査が交番から出てきて轟を一瞥《いちべつ》して戻っていった。多分、不審者に見られたのだろう。恥ずかしさが胸中で渦巻いた。

轟は頭をぶるっと振ってその場を離れ、有楽町方面へ流れる人混みに入った。宝くじチャンスセンターの前には一攫千金《いっかく》を夢みる長い行列ができている。一等三億円のジャンボ宝くじに夢を寄せる老若男女の行列を横目で見て複数の映画館が入っているマリオンの前に出た。ロマンス映画の看板が目に入った。腕時計に目を落とすと二時過ぎを指している。急ぐ用はなし「映画でも観るか」今日二度目の呟きをもらした。館内の暗さに目が慣れると観客は七分の入りだ。平日だというのに俺と同じ暇人も結構いるもんだ。暇人が暇人を思考して、苦笑がもれた。

轟はスクリーンの字幕を目で追っているうちに目蓋《まぶた》が重くなってきた。場内の暗さと座席の心地よさに何時の間にか睡魔が身体を支配していた。周囲のざわめきで睡魔がとんだ。結局ストーリーは分からないまま映画館をあとにした。二千円の熟睡料か、小さな苦笑がまたもれた。

轟は目的もなく歩行者の流れに沿って銀座四丁目交差点を右折し九丁目方向に向かった時だった。「並んで歩いていいですか…」

女性の小さな声が耳に入った。同時に轟の左腕に女性の腕が絡《から》まってきた。同時にさわやかな微香が轟の鼻先を流れた。女性の横顔を見て「あっ」小さな驚きの声が出た。地下鉄で見かけた少女だ。今度は少女と目が合った。澄んだ目に恐怖の色が見えた。

「どうしたの？」

少女を見下ろす形で耳元に小さく声をかけた。

「知らない男の人に声をかけられ尾行されているんです。助けてください」

少女の声が上ずり震えている。心なしか絡めている腕も震えている。轟は鋭い目付きで振り返った。五メートルほど、うしろをサラリーマン風の男が少女を射すような目付きであとを尾けている。轟は男の異常な目つきに恐怖に似た緊張感が全身を貫いた。若かりしころ、出張先のフランスでの一夜の暴漢との一戦が脳を過《よぎ》った。

「おじさんの腕にしっかりつかまっていなさい」少女が小刻みに震えているのが轟の全身に伝わってくる。

轟は歩をゆるめた。男が近づいてくるのが気配ではっきりと分かった。少女を背後に回しざま男の前に立ちはだかった。男は轟の行動にぎょっと表情を歪めた。男は表情を歪めたまま左手を上衣のポケットに入れた。通行人は二人の行動に気付いていない。銀座の風景は、何時もと変わっていない。轟は歩をゆるめ、男が一メートルまで近づいた時、

「君、うちの娘に何か用か、先ほどから尾けているようだが」

轟がきついが低く強い口調で言葉を投げつけた。

男は轟の剣幕に「いや何でもないです」口ごもり、ぼそっと尾行を否定した。その陰で男の表情は陰険さが増幅していた。男は上目遣いに轟の投げた言葉を否定しながらも轟を見る目の奥に殺意めいた陰険な光が宿っている。頬が引き攣る表情はまるで鬼面が迫るようだ。轟は男の身体から出る不穏な気配を感じ続けていた。此奴は何かをやらかそうとしている。轟は少女から手を放し同時にうしろへ下がらせた。

「おじさん、あぶない…」少女が叫んだ。

男は左手にサバイバルナイフを握っている。

少女の声に通行人の足が止まった。あっという間に轟と男を遠巻きに輪ができた。轟は少女の声に半歩下がり際に男の左膝下に思い切り足払いをかけた。男は見事なまでに尻からその場に倒れ込んだ。その拍子にナイフが左手から弾けとんだ。チャリンと路面から音がしたが、その音は辺りの騒音に消され誰の耳にも入らなかった。

轟は倒れ込んだ男の衿を摑んで立たせようとしたが腰を打ってしまったのか立つことができない。通行人が先ほどより倍になった。

「どいてください…」輪のうしろで大きな声がする。少女が一一〇番通報していたのだ。警察官が三人駆けつけてきた。男はその場で取り押さえられた。

轟と少女は近くの交番で簡単な事情聴取を受け本署へ向かった。男は銃刀法違反で現行犯逮捕された。轟と少女が警察署を出ると薄暮《はくぼ》が迫っていた。

「本当にありがとうございました。わたし御代恵《みしろめぐみ》と申します」

少女は丁寧な言葉で礼を述べた。

轟は少女にしては、はっきりした敬語の挨拶をするものだと感心し、ポニーテールの似合う顔を見直した。どう見ても深窓の住人というに相応しい少女だと改めて思った。

「あっ、これは失敬、ぼくは轟圭介、です。突然のことでびっくりしたね」

少女は先ほどの修羅場に直面した時の緊張感から解放されたのか、数時間前に電車の中で見かけた清楚な少女に戻っていた。

すでに銀座の街はネオンが瞬きはじめ昼の景色から夜の景色に移りはじめていた。

「怖かったね。もう大丈夫だよ。あの男は警察へ連行され、逮捕されたから安心して帰んなさい。駅まで送ってあげよう」

轟はあれほど話したいと思っていた少女を目の前にして気持ちとは裏腹な言葉を口にしていた。これが還暦を過ぎた男の切なさであり詮なさである。ふっと寂しさが脳裏を掠めた。

三　帰りたくないの

その時、「わたしまだ帰りたくないんです」

少女は轟の言葉に逆らうように口走って表情をくもらせた。

「君はまだ高校生でしょう。補導されないうちに帰りなさい」

轟はやや説教めいた口調で言葉をかけた。

「わたし高校生じゃありません」少女は強い口調で切り返した。

「えっ…」絶句に近い言葉とともに驚きの表情で少女の顔を真正面から見直した。

「わたし去年、大学を卒業しました。二十二歳です。これを見てください」

少女は小さなバッグから免許証を取り出し轟に渡した。御代恵、と氏名と生年月日が記載されている。間違いなく二十二歳だ。

轟は清楚な容姿の恵を見た時から十七、八歳と決めつけていた。先入観とは時として間違いが起きるものだと改めて思った。

「どうして帰りたくないの…」

轟は恵の年齢を知り何故かほっとしたものを感じ帰りたくないという訳を質した。

話しながら足は銀座七丁目の方向に向かっていた。二人が肩を並べて歩いていると銀座でショッピングを楽しむ父娘に見える。轟の足取りが何故か軽くなったようだ。

「今夜、伯母がお見合いのことでみえるの、わたし、もう少し勉強したいことがあるんです。だから結婚は全然考えてないんです」

恵はちらっと轟の横顔を見上げて目を伏せた。その仕草に轟の気持ちの中に突然、愛しさが生じた。

「おじさん、さっきは凄かったですね。まるでスーパーマンみたい、助けていただいて本当にありがとうございました」

恵は気分を変えるように可愛い笑顔で話題を戻した。

「ぼくはスーパーマンでもないよ。今年で六十歳ですよ、もうおじいさんさ」

轟は若い恵の前で自嘲《じちょう》気味な口調になった自分に寂しさをふっと感じた。

「えっ、わたし五十歳位と思っていました。おじいさんだなんて言わないでください」

再び恵の顔に小さな可愛い笑いが戻った。轟も五十歳といわれ照れを、時計を見る仕草でごまかした。腕時計は六時を指している。

「じゃあお寿司でも食べてそれから、ぼくが送って行ってご両親に遅くなった事情を説明してあげよう。遅くなることだけは電話しておきなさい。それでどうかな」

「ごちそうになっていいんですか」

「いいとも」轟は歳甲斐もなくテレビの流行言葉を口にした。恵はくすっと笑い轟を見上げた。ポニーテールが小さくゆれ地下鉄で見せた清楚な表情に戻っていた。

「じゃあ、行きつけのお寿司屋さんに行こう」

轟は銀座七丁目で田尻浩一が経営する「浩寿司」へ恵を伴った。「いらっしゃい」格子戸の開く音で、店主の田尻浩一がちらっと轟に目を遣って威勢のいい声をかけた。先客へ握り終えた店主が「おや珍しい、今夜は女性同伴とは、轟さんもすみにおけませんねぇ、それにしてもお連れさん、少女雑誌のモデルみたいで…」

店主はカウンター席に腰掛ける二人の顔を交互に見ながら言葉をかけた。

「これにはちょっと訳があってね」

轟は先程の事情を話した。

「そうだったんですか、轟さんは柔道と空手をやっていたんですよね。役立ったわけですね」

店主の話に恵は轟の強さの原点を知った。

「ところで飲み物は」

「ビールを」

「お嬢さんは」

「わたしもビールを少しいただこうかな…」

　恵はちらっと轟の横顔に目を向けた。

「申し訳ないけど、うちは未成年者にはアルコール類は出さないんで、ジュースかコーラ、それともお茶に」

「わたし未成年じゃありません。もう飲んでもいい年齢です」

　恵は店主に向けた表情を少しきつくした。

「えっ、どう見ても高校生に見えるなぁ」

　店主は信じられないという表情で轟に目を向けた。

「浩ちゃん、彼女二十二歳だよ、立派な成人間違いなし…」轟は未成年者同伴ではないことを暗に強調した。

「あまりにも初々しいんで、これは大変失礼しました」

　店主はかしこまった言い方で改めて恵の顔を見直した。それでもまだ半信半疑の表情でもう一度、恵に目を戻した。

「おーい、女将さん、轟さんにビールとグラスを二つ」店主の声が何故かおどっている。

　店主と恵の遣り取りを横目で見ていた隣の初老の客が「お嬢さん可愛いねぇ」ぼそっと呟いた。何故か事情があるのだろうか、その声の響きにどこか淋しさが滲んでいた。

　轟と恵はグラスを合わせた。

「これからもよろしくね」

　轟は言ってしまってから、しまったと思った。今日一日の出会いかもしれない、これからもよろしくとは願望がみえみえではないか、失言と気付いた願望をビールで一気に胃の腑に流し込んだ。その裏で今夜だけでもあたたかい出会いにしたいと思った。それが還暦を迎えた男の本音でもあった。

「今夜だけでも恵ちゃんと呼ばせてもらっていいかな、御代さんじゃぁ、なんだか堅苦しいから。恵ちゃんと呼んでいいかな」

「いいとも」今度は恵が言い返した。二人の間に小さな笑いが立った。轟は何故か気持ちに安らぎを感じた。

「お嬢さん別嬪だね。隣の旦那がうらやましいねぇ。旦那も好い男だねぇ」

　カウンターの端で独り飲《や》っている七十がらみの老人が隣の客のうしろごしに顔をよじって話しかけてきた。かなりできあがっているのか体が前後に少しゆれ、呂律も少し怪しくなっている。

「俺なんぞは、昔はよう、部下も大勢いてよぉ、それが会社を退職した途端にかわいがってやった部下が手の平を返しやがって！　今じゃぁ全く寄りつきもしねえや、恩知らず奴《め》が…」

　酔いが愚痴を誘いはじめた。しばらくするとカウンターに伏って軽い鼾をかきはじめ、そこで愚痴が途切れた。時折り「おい…」夢をみているのだろうか。スースー寝息と一緒に意味不明の軽い寝言がもれてくる。

「梅さん、そんな格好じゃぁ、風邪ひくよ。そろそろ切り上げた方がいいんじゃないの」

　女将が梅さんの肩をゆすった。ゆすられて顔を上げ細目で辺りを見回した。その表情は愚痴とは裏腹に穏やかになっていた。

「じゃぁ帰るとするか、勘定、かんじょう…」カウンターに両手をついて立ち上がった途端によろけた。「あぶないよ」隣の客が両手で支えた。「ありがとよ」梅さんは客の肩をぽんと叩いた。その反動で轟の肩に手をかけて「旦那、よろしくやんなよ。若くないいんだからほどほどにな…」

　梅さんは呂律の怪しくなった口からひと言余計なお節介語を残し、たこ踊りのように両手を上げふりふりしながら店を出た。気をつけて、常連客が一声かけた。

「おもしろいおじさんね」

　恵は梅さんのうしろ姿を目で追いながら笑顔で店主に話しかけた。

「うちの常連さんで七、八年前に退職してね、ちょっと淋しいんだろうね。たまに寄ってくれていつでも愚痴って、その姿を見るとこっちも切なくなるねぇ」

店主の一言にも十人十色、それぞれの人生の、これまで歩んできた道程《みちのり》には喜怒哀《きどあい》楽《らく》の一齣《こま》があるのだろう。

七時を過ぎると店も立て込んできた。

客が格子戸を開けるたびに銀座七丁目の騒音も一緒に入り込んでくる。

「轟さん、娘さんと今日出会ったとは思えないほど仲良しだね。本当に今日が初めて?」

店主がまぐろを付台に置きながら、やや疑いぶった口調で二人に声をかけた。

「だっておじさん強いんだもの、お店のおじさんにも見せてあげたかったなぁ。だってナイフを振り回す男の人を一撃で倒しちゃったんですもの」

恵は横目で轟を見て誇らし気に店主に語りかけた。

「轟さんは長年世界中の国を渡り歩いた方だから、いろんな面で頼りになる方だよ。娘さんも良い方と出会ってよかったね」

「そんな大袈裟なもんじゃぁないよ」

轟は照れをかくすようにビールを口にした。

恵の話を聞いていたうしろの客が「昼間銀座で男がナイフを振り回して暴れているところを足払いで倒したってお宅さんのこと…」背中越しに興味深か気に轟と恵に、

顔を向けた。

　恵は「そうよ、このおじさんよ」と大声をあげたいのを堪えたが気持ちは誇らしかった。

　客の話を聞いていたサラリーマンの三人組が、じゃぁ駅売りの夕刊に出ていたあの事件ですか、一人が轟に声をかけながら、可愛いお嬢さんを助けた感想はどうですか…。興味本位で聞かれることに轟はむしろ不快感を覚え「えぇ」とだけ応え、あとは相手の言動を無視した。

　轟はサラリーマンの話しかけをシャットアウトするように、

「実はね、今日ぼくは恵ちゃんに三度会っているんだよ。恵ちゃんは気付いていないと思うけど」

「えっ、本当に何処でですか？」

　恵はくりっとした瞳を余計にくりっとさせ可愛い笑顔を轟に向けた。

「最初は丸ノ内線の電車の中でね、四谷から乗ってきて、ぼくの正面に座ったでしょう。恵ちゃんはぼくのことは気づかなかったでしょう」

「あぁ、あの時ですか。わたしあの辺りからさっきの変な男の人に尾けられていたみたいです」

　恵は話しながら眉根を寄せ、表情をくもらせた。

「その次が銀座四丁目の交差点、三度目がさっきの事件の時、これも赤い糸かなぁ……」

轟は赤い糸と言ったあと、気障《きざ》な言い方に気づき照れよりも恥ずかしさが立ち、照れもまとめてビールと一緒に胃に流し込み、苦笑いでごまかした。

「本当に赤い糸かも、電車に乗った時からおじさんに助けられる運命にあったのかもしれませんね。わたし本当に運がよかったです」

恵もやや気障っぽい言い方で返した。

楽しそうに話す二人の会話を断つようにうしろのテーブル席から大きな声が飛んできた。「おい、もう八時だ。次に行くぞ」

テーブル席のサラリーマンの上司だろう年配者が若手に声をかけた。轟も釣られるように腕時計に目を落とした。恵も同じ動作をした。その反面で、

「おじさん、わたしもう少しビールいただいていいですか」恥じらいを隠すように小振りなグラスを持ち上げる可愛い仕草を見せた。

「いいけど、大丈夫、もう二杯も飲んだんじゃないの？」

「まだ一杯目です。だって今夜は楽しいもん」

ほんのり紅色に頬を染めた表情には清楚な中にも小さな色気が表れている。

轟は歳甲斐もなくドキッとした。せめて三十歳若ければと、後戻りのできないこと

は十二分に分かっていながらも青春の無かった半生に悔しい思いを全身で感じた。「覆水盆に返らず」か、詮無いことである。気持ちの中に少しくもりが掛かった。

「何を考えているんですか？」

恵は轟がグラスを片手に持ったまましばし瞑目する仕草に、この場には似合わない不自然さを感じていた。店内は相変わらず客同士の話し声で活気づいている。

恵は箸を持つ手を休めて「おじさん、悩みごとならわたし何でも聞いてあげる」

恵は場を和ますように明るい声を出した。

「ありがとう、恵ちゃん優しいね。悩みなんてないけどね。あるとすれば少しでも若返りたいね。これも年寄りのはかない願望かな…恵ちゃんは若くていいねぇ」

俺に青春がなかったなどと、悔しい思い出を今更、若い娘子《むすめご》を前にして口にすることはできない。今の俺は還暦を過ぎた、ただのじいさんでしかないのだ。やや自嘲的になる気持ちの中で、現実を自覚せよと自身に言い聞かせるしかなかった。そんな苦い思いをグラスに残ったビールの苦さと一緒に一気に呷った。ビールは喉で溢れ
「ゴホン」とむせた。

「大丈夫ですか」ゴホンに反応した恵が背中をトントンと軽く叩いてくれた。やさしいひびきに愛しささえ感じた。

轟は恵の一つ一つの動作に優しさを感じながら反面で自分は六十を過ぎた男だ。社

会の仕組みを十分に知り尽くした大人だ。若い女子に恋愛感情をもって気を許すことは社会通念上、許されることではないと、また、自覚を促す言葉が脳裏を過る。そんな思いの最中に、

「おじさん、奥さんがいらっしゃるんでしょう？」恵が唐突に聞いてきた。

「さぁね」目を宙に向け、やや自嘲気味に答えを投げた。思い出の無い空白の時間にズバッと切り込まれたからだ。気持ちが少し沈んだ気がした。これは少しではない大きな沈み方だ。

「さぁねじゃ分からないわ。ちゃんと答えてください」

「何で…」

「何となく聞いてみたかったの、だっておじさん、スマートで強くて素敵ですもの、奥さんもきっと綺麗な方でしょうね？」

恵は轟の目を見つめて疑問符を付けた。

轟は恵の純な瞳で見詰められて、これまで心の奥で燻っていた青春の残り火がチョロチョロと燃え上がったような気持ちになった。青春ってこんなものだろうか、俺には分からないが、何だか過去に気持ちが引き戻された一瞬だった。

「独身だよ、生まれてからこの方ずっとね、大学を出てから四十年近く、外国生活が長かったせいか結婚する暇もないくらい忙しかったしね。今で言う企業戦士みたいな

ものでね。気がついてみればもう六十歳、本音を言えば、この歳で結婚はもう考えられないし…まぁ、これからも独り者さ、気楽なもんさ、こんなところでどう分かった」

轟は顔を曇らせちょっと寂し気な表情を見せた。これが現実だから仕方がないと決めつけた。

「ごめんなさいね。わたし余計なこと聞いちゃって…」

気を取り直すように「どうぞ」恵はビールを両手で持って轟のグラスに注いだ。グラスの泡は轟の青春のバブルであったかのようにグラスの中で浮いては消えた。

「この歳になってもう過去は振り返らないことにしているんで、気にしないで…」

轟はビールを一気に飲み干し過去と決別するように「何でもいいからこれからの人生を楽しみたいね」自身を鼓舞《こぶ》するように明るい声で付け加えて恵の可愛い顔に話しかけた。

「企業戦士ってすごいですね。わたし憧れます。それも外国で生活されたなんて」

「僕の財産といえば、外国生活で培《つちか》った人情の機微《きび》、生活様式の違いなど、これらは何にも代えることのできない大きな財産だね」

恵は轟の話を聞きながら、未知の国を想像しているのか目を輝かせ興味深そうに相槌を打つ。その仕草に清楚な可愛さが自然に表れている。

「寿司が食べてって訴えていますよ」店主のひと言に恵は想像の世界から現実に引き戻された。

「さぁ、食べて飲むか、恵ちゃんも、うんと食べようね」

轟も話の腰を折られたものの、店主のひと言が正しいものだから、照れを隠すようにビールを一気に呷った。

「お嬢さんも沢山食べてよ。うちのネタはどれも新鮮なんだからさ、さぁ、何を握ろうかね。どんどん注文してね」この様子を見て常連が、おやじさんも若い娘さんには愛想がいいねぇと、揶揄《やゆ》した。「そりゃぁそうでしょう。こんな美人で可愛い娘さんなら、愛想もよくなりますよ。うちの看板娘に欲しいくらいですよ」店主が本音を交えてずばっと切り返した。店主の切り返しに一本とられた常連客の声に周りからどっと笑いが立った。

轟は恵の横顔を見ながら俺が結婚していたら、この恵ちゃんくらいの子供がいてもおかしくはない。ふとそんなことを考えていた。その矢先、轟の思いを吹き飛ばすように「おっ、もうこんな時間か。次に行くぞ。勘定」後ろの席のサラリーマンが大きな声を出した。つられるように轟も時計に目を落とすと九時前を指している。

「こちらも勘定を…」

轟が店主に声をかけた。その声に反応した恵のこれまでの可愛い顔に曇りが走った。

恵を帰す時間を気にしていた轟は、その表情を見落としていた。

午後九時頃を境に銀座の表情が変わり始める。第二ラウンドの始まりである。ネオンがいっそうのきらびやかさを増しクラブ、スナックバーの書入れ時の到来である。通りは意外に人通りが多い。

轟は勘定に手間取っているのかなかなか出てこない。

浩寿司を先に出た恵にすっと黒服の男が近づいてきた。

「お嬢さん、ちょっとこの先の喫茶店で話を聞いてくれませんか…」

黒服が馴れ馴れしい言葉で誘ってきた。恵はギクッとした。昼間の事件の後だけに警戒心も露に浩寿司に駆け戻った。強張った表情の恵に「どうしたの…」轟と店主が同時に声をかけた。

「そこで黒い服の男の人が話を聞いてって声をかけてきたんです。怖くなって…」

恵の声が少しふるえている。

「ああ、それなら心配いらないよ。クラブかスナックのスカウトだよ。若くて綺麗な女性をスカウトしているんだよ。轟さんと一緒に出れば大丈夫だよ」店主が銀座の夜事情をかいつまんで説明した。

「恵ちゃんが美人で可愛いからスカウトされそうになったんだよ」

大人二人が顔を見合わせて笑った。

「わたし男の人のお酒の相手なんかとてもできません」

恵は眉根を寄せて可愛いふくれっ面をつくった。

「今みたいなことは銀座や新橋界隈ではしょっちゅうあること」

浩寿司の店主はこともなげに言ってのけた。

酔っ払いのサラリーマンが恵の顔を覗き込んで「別嬪さんじゃのぅ」訛り言葉を残し通り過ぎてから振り返り、手を上げてスナックの中に消えた。昼間の仕事の憂さを酒で晴らそうとしているのだろう。轟にも遠い過去の一齣が甦ってきた。

「そろそろ行こうか、恵ちゃんはどっちへ帰るの？　おじさんが駅まで送ってあげよう」

「田園調布です。でもわたし一人で帰りますから…ごちそうさまでした」

恵は轟の顔を見上げ歩みを変えようとした。その時の恵の礼の言葉が何故か細っていた。

「もう時間も遅いからおじさんが一緒して今日の出来事をご両親にちゃんと話して安心してもらった方がいいでしょう」

轟のひと言に、言葉の細っていた恵の表情がゆるんだ。先ほどの浩寿司での明るい恵に戻った。

「じゃあお願いしてもいいですか…」

恵は轟の優しい気遣いに気を許したのか、笑顔に安心の表情をみせた。その表情は清楚な二十二歳の娘子に戻っていた。

轟と恵はタクシー乗場まで歩いた。轟はまさか若い娘子とこんな形で歩こうとはついさっきまで思ってもいなかった。いま気持ちが浮ついているのが自分でもはっきりと分かっていた。二人のうしろ姿はまるで父娘といっても信じられる風情だ。

銀座の街もバブル経済の狂騒時とは違いタクシーにはすぐに乗れた。

「おじさんどうして独身ですの、ハンサムで強くて…若い時にもてすぎたからですか…」

恵は轟の横顔に目を注ぎ再び問うた。その問いは轟の胸に青春は戻らないと小さな針を刺した。

「うん、それはね…」

轟は瞬時、多忙を極めた現役時代を回想し、どう応えるべきか思案した。

タクシーの運転手はうしろの二人が気になるのか時々、ちら、ちらっと上目遣いにルームミラーを見る。何を想像しているのか、ひょっとして若い女と初老の男の道ならぬ恋か、それ以上のことを脳裏に描いているのか運転手の頬がゆるんでいる。

轟は思案をまとめた。四十年近く海外で生活した。それもビジネス一筋で恋愛することもなく結婚のチャンスに恵まれなかったことをきっちりと話した。

「と、言う訳で今でも完璧な独身、どこからみてもシングルじいさんって訳さ」

やや自嘲気味な口調に独り苦笑がもれた。

「シングルじいさんなんて言い方、わたし嫌です。おじさんは紳士です」

恵は何を思ったのか、きつい口調でシングルじいさんを否定した。それは今日、恵の窮地を救ってくれた轟を自分の中のヒーローにしておきたかったのだろう。

タクシーが小さくバウンドした。恵のポニーテールが軽くゆれた。その振動で恵の体が轟に小さく触れた。轟は気持ちの中に青春の風を感じた。しかし現実は還暦という壁が立ちはだかっており所詮は詮無いことだ。還暦の文言が脳裏で舞った。

恋も青春街道も素通りしてきた四十年近い歳月、今思うとビジネスの厳しさとは裏腹に過ぎ去った時間はもう取り戻すことは不可能である。清楚な恵の横顔に視線を当てると寂しさが気持ちの中に広がった。これが歳の差のギャップだ。哀しい自覚が存在するだけだ。

「おじさん、電話番号とメールアドレス教えてください。わたしおじさんとお友だちになりたいんです」

恵は轟の気持ちを見透かしたような発言をした。この時、歳の差故に轟は疑念を抱いた。清楚な顔の裏に、とんでもない企みが潜んでいるのでは、脳裏に美人局《つつもたせ》の文字が過った。

「お客さんそろそろ田園調布ですよ」

運転手の声に一瞬、轟の脳裏から疑念はとんだ。

「どの辺りですか…」再び運転手のやや荒い言葉がとんできた。

「駅前を過ぎて十分ほど走ってください。おじさんアドレスを…」恵が催促した。轟は意を決して赤外線で送った。恵も返してくれた。

「うれしい、これでおじさんと本当のお友だちになれたわ」

恵は楚々とした仕草でうれしさを表現した。

「すみません、ここで停めてください」

閑静な住宅地の一角でタクシーは停まった。

恵は生垣を張り巡らせた邸宅を指した。標札を見ると「御代龍」と記されている。

「ちょっと待っててね」恵は表門扉を開け邸内に駆け込んだ。

轟はタクシーでの疑念を恥じた。気持ちの中で恵ちゃんごめん、不審に思ったことを何度か気持ちの中で詫びた。

「おじさんどうぞ」恵は轟の手を引っ張って邸内へ案内した。

「おじさん上がって…」

恵は旧知の伯父に接するような、あまえた態度で応接間に案内した。二十畳ほどの応接間はシックに仕上げられ、落ち着いた空間に主の品格が存在した。

「パパです」

轟と同年輩の柔和な紳士が現われた。

「恵の父、御代龍《みしろりゅう》です。このたびは娘の大変なところをお助けいただいて本当にありがとうございました。さあどうぞ…」

恵は銀座での出来事のあらましを話していたのだろう。父親は深々と頭を下げ礼を述べた。母親は伯母を送って出かけているとのことで不在だった。御代邸を辞したあと、恵は通りまで轟を見送り、またお話聞かせてくださいねと、再会を約束した。

御代邸を辞して帰りのタクシーの中で御代龍の氏名が頭の隅にひっかかっていた。若しや、あの方は高名な…思い当たる節がひとつあった。当たっていれば、いや当たっているはずだ。恵に疑念を抱いたことに再び申し訳なさを感じた。

世界に名の知れた画家の息女に疑念を抱いたことに再び申し訳なさを感じた。恵ちゃんごめんなさい、気持ちの中で謝った。今日の出来事を思い巡らすうちにタクシーは吉祥寺に着いた。

四　恵と轟のうわさ広まる

腕時計に目を落とすと、十二時を少し回っていた。吉祥寺の街はまだ賑わいの余波が残っている。轟はこのまま我が家に帰ろうか、いつもの行きつけのスナックバー「恋の欠片《かけら》」へ向かうか迷った挙句の末に、恵の温もりの余韻《よいん》をこのまま消すのは惜しい気がした。足が自然に「恋の欠片」に向いていた。

ドアを押すと目と胃を刺すようなタバコの匂いが襲ってきた。十人も入れば満席の札を掛けたくなるほどの小さな店だ。カウンターには馴染《なじみ》の顔が三つとアルバイトのリサちゃんだけだ。年齢は轟と似たり寄ったりの初老三人組だ。轟は月のうち五、六回は顔を合わせている。

客を送って出ていたママが戻ってきた。轟の顔を見るなり、

「ちょっと、轟ちゃん聞いたわよ、銀座で可愛いお嬢さんとデートしてたんだって？　隅に置けないわねぇ、どこの誰なの？　モデルさんみたいだって言うじゃないの」

轟のグラスにビールを注ぎながらどこで聞いたのか噂の真相を聞こうと切り出した。

どこにどうアンテナが張り巡らされているのか、あっという間に轟の今日の行動が

知れ渡っていた。

「そういえばさっき野辺ちゃんもママと同じことを言っていたよなぁ」

ママ目当てに通っている当野がビールを飲みながらママにチラッと目配りをして話しかけた。

「まぁな、何でもないよ」轟は言葉を濁した。

どうせ事情を話したところで酒のつまみ程度にしか受け取らない連中だ。興味本位で話題にされたら、あの清楚な恵ちゃんに、申し訳ないような気がした。

「なぁなぁ、どこのスナックの娘《こ》？　教えたっていいじゃない」

何事にも嘴《くちばし》を入れてくる三人組の一人、関山がげじげじ眉をピクッと上下させて皮肉っぽい表情でうわさ話の後を促がした。

「あの娘は俺の娘、それだけのこと。おしまい。ママ水割り」

轟は語気を強めてぴしゃりと言い放って三人の口を封じようとした。そんなことでめげる三人ではない。再び口を開いた。「わたしに教えて」アルバイトのリサちゃんまでが仲間に加わってきた。

「轟さんの娘って、それ本当の話、俺、信じられないなぁ」

野辺がタバコの脂で茶色くなった指先でピーナッツを玩びながら未練がましく、そのくせ羨ましそうな表情で轟の顔を覗き込んだ。

「轟さん、独身だって言ってたよね。おかしいじゃないの、自分の娘だなんて。隠し子がいたんだ。人は見かけによらないもんだと言うけど本当なんだ」当野が今度はグラスの底に残っていた日本酒をグビッと飲み干して、したり顔で轟の肩を叩いた。

「今は独身だって昔は結婚して子供が出来ていりゃぁ、おかしかないよなぁ」

野辺がタバコの煙で輪っかをつくって口から煙を吐き出し、したり顔で娘って本当かなぁ、口を入れた。

「今晩は」背後で若い女性の声がした。

三人は一斉にふり返ってニタッと笑い顔をつくった。

「あら、轟さん聞いたわよ。銀座で今夜、まるでモデルさんかアイドルみたいに綺麗なお嬢さんと一緒だったたって言うじゃないの。轟さん好い男だから若い娘さんにもてるのよね」

轟が時々立ち寄る寿司屋の若女将が隣に腰掛けた。三十代の小柄な体からは垢抜《あかぬ》けした色気がちらっと漂ってきた。

「轟さんの娘さんだとよぅ」げじげじ眉が自棄気味に少しつり上がった。それでも俺が先に知ってたと言わんばかりに口を挟んできたのだ。

「関山さん、その言い方だと、それって嫉妬してるの？　関山さんも資産家で独り身だから若い娘さんのパトロンになればもてるわよ」

若女将は皮肉の混じった言葉をやや強く返した。

「俺は何にもないよ、轟さんほど男前じゃあないしよ。俺なんかせいぜい持てるのは荷物くらいよ」関山は古い親父ギャグで若女将に反逆した。

「関山さん本音を言っちゃあおしまいだよ」当野が茶化した。

若女将は関山をあまり快く思っていない。たまに店に来てもネタがどうの、シャリがどうのと素人のくせに理屈と文句が多すぎるのだ。

「嫉妬だって、そうじゃないけどさぁ」

「じゃぁ何だよ」

野辺までもが友だち甲斐もなく若女将の尻馬に乗って関山の気持ちを揺さぶった。

轟は馬耳東風《ばじとうふう》を決め込んで水割りを口に運んでいる。

「アイドルみたいに可愛くて綺麗って言うじゃないの、本当に轟さんの娘さん？」

当野までがまた、ぶり返すように口を挟んできた。

「まぁ、どうだっていいでしょう。ぼく、個人のことだからほっといてくれよ」

轟は恵が褒められるのは嬉しいが、それ以上の詮索はして欲しくなかった。

「そんなに根掘り葉掘り詮索するもんじゃないわよ。轟さんが娘さんだと言われるんだからそれでいいじゃないの、それよりか誰か歌いなさいよ」ママが誰に言うともなく詮索を止めるよう釘を刺した。

轟は思いつきとはいえ、恵を娘と言ったことを少なからず後悔していた。いずれ嘘だと分かるだろう。しかし今この場で前言を翻すわけにはいかず自分を誤魔化すように立て続けに水割りを胃に流し込んだ。ウイスキーの味も苦味に変わっていた。有線から轟の好きな演歌が流れてきた。淡恋物語《こいものがたり》だ。

一　冬の木枯らし　打つ窓に
映る町の灯　人恋し
どこか気になる　後姿《うしろかげ》
夢で会ったか　寒い夜
冬の終わりの　淡恋物語《こいものがたり》

二　日暮れ哀しい　雪の夜
薄い布団に　人肌恋し
熱い抱擁　接吻《くちづけ》は
夢でいいのよ　覚めないで
冬の終わりの　淡恋物語《こいものがたり》

三　凍る夜空に　星二つ
そっと名付けた　夫婦星《めおとぼし》
想うわたしの　あの貴方《かれ》と
夢で結んだ　赤い糸
冬の終わりの　淡恋物語《こいものがたり》

今夜はなぜか普段よりもこの歌詞が、ジンと轟の胸を締めつけてくる。恵のせいだろうか、そんなことはないと自問自答しながら、六十年の生き様を省みているような気持ちになっていた。これまで燃えるような恋をした経験がない。あるとすればロサンゼルス赴任中に同僚のキャサリンに淡い恋心を抱いたことくらいだ。今、演歌を聴きながら、それでも恵のことを思い出していた。

初老三人は有線の演歌を機に黙り込んだ。それぞれに演歌の歌詞に思い入れがあるのだろう。轟も歌詞の世界に入り込んでいた。

「何考えてるの、噂のお嬢さんのこと?　それとも…」

ママが轟のグラスにウイスキーを注ぎながら目の中を覗き込んだ。轟はずばり見透かされたような気持ちだが…、

「何でもない、明日の予定をね。ちょっと…」

轟は言った言葉の裏で恵の容姿が甦っていたが、本心を裏に「明日の予定」をと別の思いつきを表に出した。

「今夜の轟さん、目が活き活きしてるみたい、還暦を迎えたとは思えないわよ。やはり娘さんのせい？」

ママが追い打ちをかけるように轟の心の襞《ひだ》に触れてきた。

「ううん、何でもないよ。疲れかなぁ」轟は素直に言った。ひょっとしたら三十五歳以上の年齢差を越えて恵の存在が気持ちの中に芽生え始めたのだろうか、再び自問自答した。イエスと答えたかったが、それはあまりにも無謀な思慮《しりょ》だった。

「超遅咲きの恋か？」

気持ちの中で自虐的なひと言を呟き苦笑でピリオドを打った。

腕時計に目を落とすと日付が変わって午前一時を十分回っている。店を出ると「恋の欠片《かけら》」へ来た時から降りはじめていた雨は小降りになっていた。街路灯に降りかかる小雨がビーズ玉をばら撒いたように電灯の明かりに反射してその周囲だけが幻想的な光の模様を見せている。

この時間になると吉祥寺の街もしばしの静寂さに包まれ時折タクシーが走り抜けるだけだ。

轟は井の頭通りから勘助橋まで歩き、戸建の我が家へ着いた。恋の欠片での酔いはすっかり醒め、四月下旬の外気は雨のせいか肌に冷たく感じる。独り住まいの家の中は寒々とした空気が支配している。轟はブルッと身震いした。雨の湿気が上衣を通して肌に薄く張りついている。上衣を脱ぐや浴室へ急いだ。

コーヒーを淹れて身体を温めようとリビングへ回った。リビングといっても五十数年前に建てられた純日本家屋だけに、台所に続いた二十畳間を居間兼食堂として両親が使っていたところを轟が帰国後、リビングルームにリフォームして使っているのだ。天井の白色蛍光灯の冴えた光が余計に部屋の空気を冷えたものにしている。家庭の温もりなど微塵も感じられない。独り身だから当然のことである。カップにコーヒーの顆粒を入れ熱湯を注いだ。コーヒーの強い香りが辺りに立った。ソファに疲れた身体ごと、どかっと腰を落とした。カップを口先に持ってきた。初めて温もりが身体を包んだような気がした。コーヒーの温もりで瞼が重くなる。目を閉じると朝から日付が変わった今までの経過が目まぐるしく脳裏を駆け巡った。行き着いたところは恵の存在だった。百五十坪ほどの庭の淡竹《はちく》がざわつき始めた。雨風が強まってきたのだろう。窓ガラスに当たる雨足も風と一緒に大きくなってきた。睡魔の中で古い柱時計の音が三つ鳴るのを聞いたような気がした。それから先の記憶はない。

朝の遅い目覚めだった。カーテンの隙間から弱い陽の光が差し込んでいた。カーテンを引いてみた。雨は上がっていたが、庭の植木鉢の転がり具合が夜半の風雨の激しさを物語っていた。

目覚めてみると昨日の恵との出会いが遠いシーンのように思えた。ただ、清楚なポニーテールの姿だけが鮮明な映像となって脳裏に甦ってきた。不思議な娘子だ。俺みたいな初老の男に興味をもったのか、それとも俺が善人に見えたのか、恵を助けたことで強い正義の味方に見えたのか。どうにも真意が分からない。それにしても…「まぁ、いいか…夢の出来事にしておこう」呟いて脳裏のスクリーンに幕を降ろし昨日の出来事はきれいに忘れることにした。

熱い番茶と梅干で脳がすっきりしてきた。日本だなぁ、唐突もなく思いが立った。ＪＲ中央線を走る電車の通過音が微かに聞こえてきた。風向きによって聞こえる日と聞こえない日がある。夜半の雨でスモッグが流され空気が澄んでいるせいか、考える隙間にまたしても昨日の恵の存在が突如として入ってきた。

轟は思いを断ち切るように仏壇の両親の遺影に手を合わせた。玄関を開けると雨上がりの冷たい空気が肺に入り込んできた。雀が数羽、引き戸の音に驚いたのか、急に飛び立った。朝刊を摑んで書斎へ移った。

今朝の朝刊にきのう銀座で起きた事件が報道されていた。記事は二段見出しで「還暦がナイフ男を一蹴、美少女を救う。犯人は婦女暴行の余罪あり」轟は実名で柔道四段、空手二段の特技が暴漢逮捕に役立った、と報じられていた。恵は美少女と匿名になっていた。

　御代家でも、朝刊を手にした母が、「恵ちゃん、美少女と書いてあるわよ」母の声に「当たり前よ」恵は茶目っけに言ってペロっと舌を出した。二十二歳には見えない可愛い仕草だ。

「でも轟さんって凄い方ね。還暦なのに素手で刃物を振り回す暴漢に立ち向かうなんて…」

「正義感の強いお方だよ、恵も本当に運がよかったね」

　コーヒーを片手に父が恵の肩を叩いた。

　その時、テレビの画面が切り替わった。昨日のニュースを報じている。通行人が提供した画像だろう。恵の顔はモザイク処理が施されている。匿名、モザイク処理は恵がマスコミから取材攻勢をかけられると迷惑がかかるのではとの配慮から轟が関係筋にお願いしたものである。

　両親の会話に恵はちょっと誇らしい気持ちになっていた。知り合ったおじさんが街の英雄になったからだ。

「ちゃんとお礼をしなくちゃあね。恵の恩人だからね」

　新聞報道されてから轟の還暦が話題になってテレビ、一般紙、スポーツ紙、週刊誌が取材に殺到した。しかしそれも一刻のことであった。

その一方でメディアの狙いは美少女の存在だった。轟は一夜にして吉祥寺のヒーローになっていた。轟は美少女の正体を一切明かさなかった。それは御代家に迷惑がかかること、それ以上に恵の存在を自分の心中にだけ秘めておきたかった。それが本心でもあった。そう思った時、四十数年前の初恋相手の宮城千恵の姿と恵の姿を重ね合わせていた。

その時ほろ苦い青春の風が脳裏に吹いていた。

恵を田園調布へ送った日から数日過ぎた夜、スナックバー恋の欠片へ顔を出した。轟と恵が銀座にいるところを恋の欠片の常連の秋田があの日偶然、銀座で二人を見たという。それに尾鰭がついて一気に噂になったのだ。それも、人の噂も七十五日…、轟にも平穏な日々が戻った。

轟はリタイヤした時から考えていたことが一つある。還暦を機会に自分の生き様を何かの形で残したいと考えていた。

五　自分史の編纂《へんさん》へ

それは、自分史の編纂だ。骨子は四十年近い海外生活の経験を踏まえて自分史にまとめることを考えていた。日記をこまめに付けていたことが役に立ちそうだ。四十年近くの足跡が改めて日の目を見ようとしている。

日記や写真、古いパスポートがダンボール箱にぎっしり詰まっている。「思い出の宝箱みたいなものだ」ちょっと気障《きざ》な言い回しを独りごちた。ダンボール箱から表紙が茶色がかった一冊の日記帳を引っ張り出した。一九七五年と記入がある。

最初の赴任地、北米ロサンゼルス支店当時のものだ。手にとって記憶の糸を解き始めた。

ヤマギシ支店長以下、現地人を含めて約二十名の陣容だった。支店の賑やかだった情景が写真をベースに甦ってきた。

ミヤシタ、タケダ、ジンノ、オガワ、アサカ、ワタナベ、イトウ、クボ、ヒワタリ、ナラハラ、エガシラ、オキ、オオサキ、モテギ、ハマムラと一人ひとりの名前と顔が鮮明に浮かんでは消えていく。

現地採用のキャサリンはオードリー・ヘップバーン似の美人だった。自分が赴任した当時、二十三歳と言っていた。今は好いお婆ちゃんになっているだろう。

海外生活での初歩から指導してもらった大先輩のキムラさんは…、現地の空手ジムに一緒に通っていた三年先輩の、タケシタさんは…。リトル東京の日本人バーで働いていたチャーミングなハナちゃんやかおりちゃんは…。

轟は日記帳を片手に過去の世界にどっぷりのめり込んでいた。そこには当時のリトル東京の街並みや人の流れなどが、脳のスクリーンに鮮明に甦っていた。一ドルが確か三百円の時代だ。

ロサンゼルス支店の前で写した集合写真では頭髪ふさふさ身長百八十五センチの轟はとくに目立っていた。轟は思わず頭髪に手をやった。当時のふさふさ感はすでに消滅していた。歳月のギャップが身に染みた。反面、身についたマッチョさだけは、しっかりと残っている。

今朝、起き掛けの脳裏を占めていた恵の存在は今は完全に霧散している。

三冊目の日記帳を取り上げた時、四つ折にした新聞の切抜きが膝の上にひらりと落ちた。セピア色に変色したフランスの日刊紙の切抜きが三十数年前の記憶を呼び起こした。

轟が欧州へ出張、各地での業務を終えロサンゼルスへの帰路フランスのパリに立ち寄ったときの小さな出来事が甦ってきた。轟はシャルド・ド・ゴール空港に降り立った。イミグレーションを通り、バゲージクレイムで回転台から荷物を取り上げ出口へ向かおうとした時だった。ややヒステリックな女性の声が耳に入った。会話の内容からすると女性の荷物が届いていないと空港職員に詰め寄っているようだ。到着した客は、それぞれ自分の荷物を受け取り二人を横目でちらっと見ながら通りすぎて行く。

女性の会話からするとスーツケースがどうの、明日がどうのと、あまり上手ではない英語の単語が耳に入ってくる。英語には自信のある轟が女性の会話を聞いても理解するのがやや難しい。両者の会話が嚙み合わず一向に埒《らち》が明かない様子である。

轟は声の主の方へ歩を進めた。近づいてみると二十三、四歳のモデルのような日本美人だ。しきりに手振りを交えて職員に詰め寄っている。しかし職員は彼女の言わんとすることが理解できないのか大きく両手を広げてノーを連発している。

出口へ急ぐ残り少なくなった旅行者が二人の遣り取りをチラッと横目で見て急ぎ足で通り過ぎる。先を急いでいるのだろう、誰もヘルプする様子はない。轟は見兼ねて、

「失礼ですが何かお困りのようですね。わたしでよろしければお手伝いしましょうか」背後から声を掛けた。

女性は不意に呼びかけられて「えっ」と後ろを振り返った。日本人と分かるとほっとした表情を見せた。空港職員も振り返り、二人の会話に何か事情を察したのか、黙視の姿勢に変わった。そして、係員は二人の素振りから自分にも関わりがあるのだろうと察したのか、二人の会話の成り行きを見詰めた。

「ありがとうございます。実はわたしの荷物が届いていないんですの」

「お困りのようですので、ちょっと話してみましょうか」

「お願いします。ミュンヘンから来たんですが荷物が無いんです。この方に事情を話

しているのですが通じなくって、ついイライラして余計に混乱してしまって…」

轟は彼女の意図を話した。内容はすぐに通じた。職員はすぐに調べますから別室で待つようにと案内してからオフィスへ走った。

「通訳していただいてありがとうございます。わたし、園吹《そのふき》まゆみと申します」

「これは失礼しました。轟圭介です」

落ち着いてみるとまゆみの容姿は安心した分がプラスされてすごい美形である。轟はひょっとしてファッションモデルではないだろうかと、確信めいたものを感じた。出るところは見事に出ている。括れるところははっきりと括れ、瓜実顔《うりざねがお》に髪は烏《からす》の濡れ羽色の艶のあるロングヘアー、まさに大和撫子《やまとなでしこ》の髪の代名詞である緑の黒髪である。話すごとに波打つロングヘアーが美をつくっている。スカートからすらりと伸びた脚、身長は百七十五センチは超えているだろう。美人度は別としてふとロサンゼルスのキャサリンを思い出した。

「パリへは…」

轟はモデルと思いながらも本来の職業を知りたくなった。用件を聞けば職業が大体分かるからだ。

「わたし、モデルの仕事で今回はパリに来ましたの」

まゆみはさらっと言ってのけた。勘が当たっていた。轟は気持ちの中でやはりと思った。

「そうですか、道理で…」

轟は職業が分かっているから敢て綺麗という形容詞を付けなかった。

「轟さんはお仕事でこちらへ」

まゆみがはじめて質問した。

「えぇ、約一カ月ドイツ、イギリス、スイスを回って今ここに着いたところです。三日間休養して来週ロサンゼルスへ帰ります」

「海外赴任されておられるんですね。それで英語がお上手ですのね。わたくしそういう方に憧れます」

まゆみは満更でもなさそうな表情で轟の顔を直視した。轟は直視されて目の遣り場に困りきっていながら「モデルさんですか、道理でお綺麗なはずですね」とってつけたような言葉を発していた。

職員が帰ってくる間にも引っ切り無しにジェット機の飛び立つ時の金属的なエンジン音が会話を遮断する。十分も待っただろうか、先ほどの職員が息を切らして戻ってきた。今度はまゆみにではなく轟に直接説明した。

彼女の荷物はミュンヘン空港の職員の手違いでロンドン行きの飛行機に積み込んでしまったので、すぐこちらへ回送するように手配をしたと説明した。

こちらの空港へ回送してきたら、レディのホテルへ責任を持って届けると空港職員は約束した。そして通訳をありがとうと職員は右手を差し出した。安堵の握手だった。

「本当にお世話になりました。ありがとうございました」

まゆみが右手を差し出した。握手の後にネームカードを出した。所属するプロダクションの名刺に個人の住所と電話番号が自筆で記されていた。

轟はタクシー乗り場までまゆみと同行、先にタクシーに乗せた。見送ってから轟はタクシーにホテル名を告げた。

轟はパリに商談も含めて十二〜三回訪仏している。前回は昨年の夏だった。一回目の出張の時からパリの風景は全く変わっていない。前方にエッフェル塔が見えてきた。まゆみのホテルは五つ星クラス、サラリーマンの轟は三つ星クラスだ。

翌朝、ホテルでルームサービスの遅い朝食を取りながら地元発行の日刊紙に目を通していた。中ほどのカラーページに見覚えのある女性の顔がアップで掲載されている。よく見ると昨日、空港で出会ったまゆみだ。記事によるとまゆみは世界でもトップクラスにランクされている売れっ子で東洋のトップモデルと紹介している。今回は世界の著名デザイナーたちが一堂に会して合同ファッションショーが当地で開催されるという。その前夜祭が昨夜、催された記事と一緒にまゆみの写真が掲載されていたのだ。あれだけの美人だ。記事を読んでトップクラスに位置するまゆみの存在の大きさに改めて驚かされた。

轟は夕刻まで出張報告書をまとめ終え、一息ついてテレビのスイッチを入れた。

華やかなファッションショー風景が映し出されている。昨日空港でのまゆみとは別人と思えるほどのモデルまゆみが華やかな衣装を身に纏い、にこやかな笑みを絶やすことなくランウェイを回り、次の衣装に着替えて再びランウェイに現れ、観客の目を釘付けにしている。

轟は自分の働く環境とまゆみの華やかな環境のギャップの大きさに違和感を覚えテレビのスイッチを切った。さすがにあれだけの美人モデルだ。自分とは次元の違う所にいる人だ。思った時にはまゆみの姿は轟の脳裏から消えていた。

ソファにもたれ目を閉じるとなぜかロサンゼルスが恋しく郷愁がじわっと身体を包んだ。

その時、電話が鳴った。「おぉ、轟か」パリに在住する大学時代の友人からだ。そういえば今夜は食事をする約束をしていたことを思い出した。轟は久しぶりに旧交をあたためホテルへ帰ってきたのが十時過ぎだった。

明日もオフだ。もう少し飲みたい気分になっていた。地下のバーへ下りた。十九世紀の造りを思わせる重厚なそしてクラシックな雰囲気が気分をほっとさせた。カウンターの向こうで同じ動作を繰り返しグラスを磨いている老バーテンダーの前に腰を下ろした。

「グッドイブニング」

声を掛けた。声に反応したのかしないのかバーテンダーはにこりともせず、頭を少し下げたような顎をしゃくったような中途半端な仕草で轟の前に黒く光る年季の入った革のコースターを置いた。

日本と違って本場スコッチウイスキーは安い。棚に並ぶスコッチの中からバレンタイン三十年を指した。バーテンダーは相変わらず無口のままでロックグラスをコースターの上にポンと置いた。琥珀色のスコッチを慣れた手つきで注いだ。

グラスに口を近づけるとスコッチ特有の香りが鼻孔を刺激する。一気に喉の奥に放り込んだ。強烈なアルコール分が胃に突き刺さる。たちまち体内の血管が小躍《こおど》りするように膨れ上がる。うまい、胸の中で呟いた。

「おぉーベリーストロング…」バーデンダーは轟の飲みっぷりに両手を広げ大げさな仕草で驚いてみせた。轟の飲みっぷりを見てこの時、初めて口を開いた。バーテンダーの表情は正に好々爺の表情に変わっていた。

これを機に轟とバーテンダーの間にあった異なった感情の垣根は取れた。

「パリは初めてか？」バーテンダーは初めて質問した。

轟はバレンタインを口に放り込んで、「今回で確か十三回目だがほとんど仕事の関係で観光はしたことがないね」中途半端な表情で答えた。

「その口ぶりだとビジネスオンリーってことだね。パリは楽しい場所が結構あるから時間があれば回ってみればいいよ」バーテンダーはムーランルージュやリド、クレイジー・ホースの三大キャバレーや、幾つかの名所の名を挙げた。

「この前、初めてモンサン・ミッシェルへ行ってきたよ。素晴らしいところだったね」

「そりゃあ良かった。ビジネスとはいえ世界各国を回って楽しいことも沢山はあるだろう。俺なんか四十年間、このホテルでバーテンダーひと筋さ。パリしか知らないんだ。世界を飛び回るなんて羨ましい限りだよ。ジャポンにも一度行ってみたいね。美しい国なんだってね。友人が去年、トウキョー、ニッコー、キョウト、オオサカ、ホッカイドーを観光したって、素晴らしかったと言ってたよ。これは土産でもらったアルバムだよ」カウンターの引出しから、日本の四季を写したアルバムを取り出し轟の前に置いた。

しみじみ語るその言葉の裏にはバーテンダー一筋四十年という年季の重みを顔と手に刻まれた皺が物語っている。

「一つの仕事を四十年間続けることは大変なことだね。尊敬しますよ」轟は労いの言葉をかけた。

バーテンダーは、ありがとうと表情も明るく言葉を返した。その時、突然、入口で賑やかな笑い声と一緒に男女数人が入ってきた。その声でバーテンダーとの会話は途切れた。人数が増えたのを機に奥から若いウエイターが出てきた。

「あら、轟さんお一人？」

うしろで呼ばれた。声の主を振り返ると昨日、空港で手助けしたモデルの園吹まゆみが背後に立っていた。

まゆみはファッションショーの成功とスタッフへの慰労を兼ねた食事会の後、気心の知れた仲間と二次会に出たのだという。

「そうでしたか、道理で楽しそうな様子で…」

轟は仲間が大勢いることを気遣ってカウンターの隅に移ろうとした。

「席を移らないで」

まゆみが轟の肩に両手を掛けた。

「もうあの人たちとは十分にお付き合いしたの、これからの時間は轟さんと二人で飲みたいの」酔いが少し回っているのかハスキーな声で耳元に囁いた。そうは言いながら、まゆみは轟が席を譲ろうとする仲間への気遣いなど、お構いなしにサッと隣の席に腰掛けるなり水割りを頼んだ。

「みなさんと一緒でないと…」

「いいの、気にしないで。これからは轟さんとの時間です。一緒に飲みましょうよ。いいでしょう」一昨日の空港での動揺したまゆみとは百八十度、態度が変わり、全身でリラックスしている。

片目を瞑って轟のグラスに自分のグラスをカチンと合わせた。まゆみが一緒に飲みたいという裏には空港での轟の男っぽさに魅せられはじめていたからだ。轟はそんなまゆみの心の変化を知る由もなかった。

「わたし今夜は轟さんと、とことん付き合うことにしたの、さぁ飲みましょうね」

まゆみは酔いが回り始めたのか艶っぽい目で大胆な発言をした。

「まゆみさん、今夜はだいぶ酔っているようだから、またの機会にしましょう。これからホテルまで送りますから」

子供を宥《いさ》めるように説得した。

「いやよ、今夜はうんと飲みたいの。お仕事も無事終わったことだし今夜は思いっきり遊びたいの。ねぇ、いいでしょう」

少し呂律が怪しくなってきている。まゆみは駄々をこねるように轟を潤んだ艶っぽい目で見つめて腕を絡めてきた。轟は女の情炎が垣間見えたのをバレンタインの強さで辛うじて抑制した。

「ねぇ、いいでしょう」

まゆみは絡めた腕を左右に振る。その度にまゆみの身体から男を誘う匂いが醸《かも》してくる。瞳はメラメラと燃えるように情炎の色を放っている。その風情はモデルという美貌を背負っているだけに妖艶の域をはるかに超えている。轟も血気盛んな年代だ。時として男の理性がぐらつく。そのぐらつきを抑えながら「またの機会にしましょう」再び禁《いさ》める言葉をかけた。まゆみは聞く耳は持っていないとばかりに轟の手を取って「ねえ、飲みましょうよ」しきりに身体を揺する。その度にまゆみの身体から媚香がさざ波のように寄せてくる。轟は媚香を断ち切るように再びスコッチを一気に呷った。アルコールの強さが喉から胃の壁をキュッと締め付けた。

「あら…轟さん強いわ、男らしい」

バーテンダーが黙って空いたグラスにスコッチを注いだ。まゆみは大げさに手を叩き、またも身体を寄せてきた。

「わたしね。どうしても轟さんと飲みたいの。こうしてパリで出会ったのも神様のお引き合わせよ。神様のお導きを無下《むげ》にお断りすると罰が当たりますわよ」まゆみは酔いに任せて身勝手なことを放言する。

「神様、今宵のお引き合わせに感謝します。そして今宵一夜を轟様とのお付き合いをお許しくださいませ」

まゆみの放言は止まらない。まゆみは胸の前で十字を切った。酔っているとはいえ何とも勝手で都合のよい口実をここまで作れたものだと失笑するしかない。轟は呆れ顔でつくづくまゆみの顔を見返した。しかし見れば見るほど美人だ。まゆみは神様を引き合いに出している間にも水割りを二杯、立て続けに飲んだ。弱い方ではなさそうだ。

そのまゆみはモデルだけあって酔っても目鼻立ちの整った顔はいっそう妖艶さが増していた。並の男ならあの妖艶な目で見つめられたら「クラッ」ときて、途端に腑抜けになるだろう。まゆみはそれだけ男の気持ちを虜にしてしまうほどの女の魔力を秘めている。

「ねぇ、わたしの部屋でこれから飲み直しましょうよ」

まゆみは妖艶な目で轟の目をじっと見据えて大胆な発言で誘ってきた。轟とて男である。時には脳の半分が誘惑の波に飲み込まれそうになる。そこには男が女に接するか、どうしようか迷いと葛藤が渦巻いていた。轟は身長百八十五センチ、端正な顔立ちの中に、きりっとした眉がより、いっそう好男子に仕立て上げている。メンズ雑誌のモデルといってもおかしくはないほどの好男子である。まゆみは好男子の条件を身に付けている轟に魅力を強く感じはじめていた。まして誘われ癖のついているまゆみにしては轟の存在が新鮮であった。

まゆみは妖艶な姿態から女のフェロモンを発散し続け轟を見つめる目からは情炎が

迸っている。轟は男と女が一線を越えるか、越えてはならないかの二者択一を迫られ葛藤していた。

その時、脳を過ったのがキャサリンの面影だった。スコッチを一気に呷った。

「まゆみさん、誘ってくれる気持ちは本当に嬉しいんです。しかし二人きりの部屋では何が起きるか分かりません。昨日の今日、また、いつの日か何処かで出会うか分かりません。その日のために今夜の出会いを大事にしましょう」

轟は男の本能をぐっと抑え誘いの糸をきっぱりと断ち切った。

「分かりましたわ。もう無理は言わないわ。そのかわり今夜はここで飲みましょうね」

まゆみは素直に轟の言葉を受け入れた。嫌われたくないという意識が酔いの中にも残っていたのだろう。一流のモデルという身についたプライドが頭をもたげたのだろう。

轟はまゆみとの遣り取りの中で先ほどから背中に妙な視線を強く感じていた。轟の勘だとどうやらバーの中でも一際目立つまゆみに関心を持つ男の視線であることは容易に分かった。轟はまゆみとの会話のタイミングをずらしホテルのキーを床に落とした。高椅子から降り拾う振りを装い床にしゃがみ込んだ。振り返ってみると案の定、二人連れのドン・ファンが透かすようにまゆみを見据えている。轟が立ち上がると二人はさっと、まゆみから目線を逸らした。おそらくまゆみの容姿を舐めるように見ていたのだろう。どうやら隙あらばちょっかいを仕掛けようとの魂胆らしい。

轟が高椅子に座りなおすと、先ほどと同じように視線が背中に突き刺さる。

ドン・ファンのテーブルにはバーに入ってきた時に注文したビールが一本置いてあるだけだ。飲むのが目的ではない。ガールハントの手段にしか過ぎないのだ。こんな客がホテルのバーにとっては一番厄介《やっかい》だという。バーテンダーも苦々しい表情で時々二人の挙動《きょどう》を見ている。

まゆみは酔っているせいかドン・ファンの存在など全く無関心である。

ドン・ファンのまゆみを見る目が轟の存在を疎《うと》ましく思っているように見える。そのくせ仲間同士の会話が全くない。二人の目がまゆみを見張るような仕草で、ただひたすら目だけを動かしている。

まゆみを舐めるように見るドン・ファンの仕草に轟は、俺がまゆみを守るしかないと自然体で思い腹を括《くく》った。

「まゆみさん、今夜はここでゆっくり二人で飲みましょう」

轟が耳元で囁いた。この様子を目にしたドン・ファン二人の顔色が嫉妬に変わった。よほどまゆみに執着しているのだろう。

「ほんと、嬉しい。これも神様のご加護ですわ。神様はわたしの願いを叶えてくださってありがとうございます。まゆみは感謝します」

まゆみは、またも神様を引き合いに出し先ほどと同じように胸の前で十字を切った。

「轟さん…」

耳元で呼ぶと同時に頬にチュッとキスをした。まゆみの滑らかな唇の感触と媚香が男の気持ちをグラッとさせた。男の血が小さく跳りかけた。それをバーボンの力と理性が抑えた。

まゆみの大らかな行為に面映《おもはゆ》さを感じ周囲を見回した。バーテンダーは無関心を装うように目を逸らし、白い布巾で相変らずグラスを磨いている。バーにいる数組の客は話題に集中しているのか、轟とまゆみの存在には全く無関心だ。

轟は背後にドン・ファンの嫉妬する気配をまたも感じた。まゆみの轟に対する行為を目撃したはずだ。

轟は椅子をいっそうまゆみに近づけた。まゆみとの間がぐっと近づいた。殆ど密着状態になった。まゆみは何を勘違いしたのか轟の肩に頭を預けてきた。さっきよりも媚香が強く官能を刺激する。まさに牝の匂いだ。轟はややもすれば理性の崩れかけるのをバーボンの力を借りて制御するのが精一杯だ。

轟はグラスを上げまゆみのグラスに合わせた。まるで恋人同士の風情に見える。この様子はドン・ファンにもしっかりと見えているはずだ。多分、嫉妬の度合いは百度を超えているだろう。

まゆみは轟と過ごせる時間が持てたことに気分はいっそう高揚してきたらしく、轟の手を取り自分の手を重ねた。表情は恋人に寄り添う乙女の風情にも似ている。まゆみの手は酔いもあってかしっとりと温かみを含んでいた。

ふと気付くと背後に人の気配が、振り返るとドン・ファンが親しげな態度でまゆみに話しかけてきた。まゆみは無視してひと言も発しない。それどころか轟に前よりもぴったりと身体を密着させて頬を寄せてきた。

世界のトップクラスのモデルの肌が直に自分の頬に触れている。轟はかつて経験したことのない動悸が大きな音を立ててうず巻き、息苦しさを覚えた。

ドン・ファンがしつこくまゆみに話しかけてくる。ブルース調のメロディが流れる店内でのドン・ファンの言動は全く不釣合《ふつりあ》いで、客の嫌悪に満ちた視線がドン・ファン二人に突き刺さる。

轟はあまり得意でないフランス語を頭の中で反復しながら訳してみた。

「俺たちは悪い人間ではない。東洋人のあなたの美しさに魅《み》せられて来てしまったんだ」

連れが後を引き継ぐように「俺たちはあなたの虜になってしまったんだ。あなたは妖艶なまでに美しい。俺がこれまでに見たどのマドモアゼルより美しい。まさに東洋人の美しさの象徴だ」

　歯の浮くような甘言をぺらぺらと連発するが、その割りには自分を俺と言ったり、女性を褒めるにしては言葉の端々に不釣合いな言葉が飛び出してくる。

　よくもまぁ、ぬけぬけと何がマドモワゼルだ、何が虜だ。轟はドン・ファンを軽蔑した。お前らはそんじょそこらのすけこましじゃないか。最低の言葉を腹の中で投げつけた。

　まゆみはドン・ファンの言っていることが分かっているのか、いないのか相変わらず轟に身を寄せ無視を決め込んで時折水割りを口に運んでいる。後は轟の肩に頭を預けて目を瞑《つむ》ってうっとりした表情をみせている。

　それでもドン・ファンのしつこさは半端じゃない。

「これから俺たちがエスコートするからパーティに付き合ってくれ」

　ドン・ファンはなんとしてでもまゆみを誘い出そうと、あの手この手で口説いてくる。

　まゆみと一緒に来た仲間はとっくに引き上げている。バーの中は客も一組去り、二組去って、一時の騒々しさから潮が引くように静かになっている。

　それでもドン・ファンのあまりのしつこさに轟もとうとう我慢の緒が切れた。

「君たち、こちらのご婦人はわたしのゲストだ。誘うのは失礼じゃないか、君たちもフランス人なら紳士らしくしたらどうだ」

きつい言葉を投げつけた。

「誘われてもお断りよ」

まゆみはドン・ファンを睨むように目を見開いてはっきりと言ってのけた。

「ご婦人も断ると言っている。さぁ帰ったらどうなんだ」

轟の忠告を無視してドン・ファンの一人が馴《な》れ馴《な》れしい態度でまゆみの肩に手を掛けようとした。その手を轟の右手が思いっきり跳ね上げた。ドン・ファンは突然の攻撃に顔をしかめ痛さを堪えている様子に連れが本性を現した。

「お前には用はない。強がりはそこまでにして彼女をこちらに渡したらどうだ。痛い目をみないうちにな…早くしな」

ドン・ファンの出方に轟はそろそろ奴らを懲らしめる時が来たと自身に言い聞かせた。

轟とドン・ファンの遣り取りを見ていたバーテンダーが小さなメモを轟に渡した。メモには珍しく日本語で「ポリスを呼びましょうか、イエスならメモを二つに折ってください。ノーならポケットに仕舞ってください」日本語だからドン・ファンに見られても分かるはずがない。

轟はメモを黙って胸ポケットに入れ、バーテンダーに片目を瞑ってみせた。

轟の仕草にバーテンダーは怪訝な面持ちで頭を横に小さく振った。多分係わり合いになるなというサインなのだろう。

ドン・ファンはメモを勘定書きと勘違いしたのだろう、性懲りもなく言い寄ってくる。

「もう一度言う。大人しく帰った方が身のためだ。わたしは東洋空手の達人だ。君たちがわたしと戦うと言うのならこの場で安らかに眠らせてやろう。帰るのか眠るのかどっちかを早く選べ」

轟は空手二段の腕前だ。こんなチンピラは鳩尾《みぞおち》を一撃すれば簡単に片付ける自信はある。轟はドン・ファンとの遣り取りで酔いはすっかり覚めていた。

ドン・ファンはまゆみやバーテンダーの手前もある。後には引けない。「勝負しようじゃねぇか」一人がシャドウボクシングの構えをとった。強がる態度を見せるためだろう。しかしその体勢は屁っ放り腰で、轟の相手でない。

轟とドン・ファンの間に黒い空気がどっと流れ始めた。

「お前たちの負けはもう決まっている。ホテルにも迷惑だ。早くここから出て行け」

轟は語気を強めた。

轟の忠告が終わらぬうちに相手はビール瓶を振り上げ殴りかかってきた。

轟は椅子を降りるなりビール瓶を持つ手を上方から手刀で叩き落とした。その反動を利して鳩尾に一撃を入れた。ビール瓶はカウンターの上で小さくバウンドして床に落ち二つに割れた。同時にドン・ファンの一人が、「うぅっ…」声を発して床に蹲《うずくま》った。それでも反撃しようとするのか割れて鋭利な凶器と化したビール瓶を拾ってテーブルの端に手を掛けて立ち上がろうとした。しかし鳩尾への一撃が効いているのか、よろけながら膝から崩れた。残る一人が腰からサバイバルナイフを抜いた。これを見たまゆみが「やめて！」声を上げた。バーテンダーも「あっ」と息をのんだ。

轟は咄嗟《とっさ》にロックグラスに残っていたスコッチをドン・ファンの片割れの顔面にバシッと浴びせた。ウイスキーは片割れの両目を強烈に刺激した。手さぐりで宙を泳ぐように体がゆれている。轟は止めを刺すように革のコースターを円盤を投げる要領で顔面に叩き込んだ。鼻血がパッと散った。顔への二度の攻撃でたじろいだ隙に股間を蹴り上げた。崩れるように仲間の上に倒れこんだ。前のドン・ファンはすでに失神している。サバイバルナイフを取り上げカウンターの上に置いた。床に転がったドン・ファンはまるで小さいマグロのような無様《ぶざま》な格好で呻いている。ドン・ファンの始末に要した時間はわずか二、三分程度だった。

バーテンダーが警察に経緯を連絡したことで轟にはなんの咎《とが》めもなかった。

まゆみは轟の素早い行動を目の当たりにした。驚きを通り越して先ほどの情炎を発した目から、今は羨望の眼差しに変わっている。

轟は、一段落したところでメモについてバーテンダーに聞いてみた。

「あぁ、あのメモですか、去年二度ばかり日本人とよそ者のトラブルがあったんですよ。解決するのにはポリスを呼ぶのが手っ取り早いと思い、知り合いの日本人に作ってもらったんです。通訳なしで便利に使ってますよ」

「そういうことでしたか」

轟は胸ポケットからメモを取り出しバーテンダーに返した。

「コピーで沢山作ってありますから記念にどうぞ」

バーテンダーはメモの束をポケットから取り出し得意気に見せた。

「トラブルの記念にどうぞ…」

バーテンダーがカウンターの上をすべらせ、まゆみと轟の前に置いた。その動作に三人の間に笑いが立った。

「じゃぁ、わたしお守りにもらっていい？　それに轟さんとの思い出にもなるし…」

結局、メモはまゆみのバッグに納まった。

轟は腕時計に目を移し「クローズタイム？」

バーテンダーは使い込んだ腕時計をチラッと見て「午前四時です。よろしかったらそれまでどうぞ」

バーテンダーは先ほどから轟の男らしい振る舞いに魅力を感じ始めていた。会話の端々に好意が表れている。

まゆみも短時間の間に起きた出来事にすっかり酔いも醒め一昨日、空港で見せたモデル、東洋の美人の容姿に戻っていた。

「じゃぁ、ここで四時まで時間を潰して、それからまゆみさんをホテルまで送りましょう」

「本当にすみませんでした。酔った勢いとはいえ、とんだご迷惑をお掛けしました」

まゆみはしおらしく謝った。

「これも神様の思し召しがあったからですよ」

轟は表情をにこやかに崩して揶揄した。

「そんな恥ずかしいですわ。神様だなんて、わたしも酔った勢いに任せて罰当たりなことを言ってしまってごめんなさいね」

まゆみは本当に恐縮しきった態度で二度謝った。

バーテンダーが二人の前にコーヒーを黙って置いた。コーヒーの香りが辺りに薄っすらと流れた。

先ほどの騒動はどこへやらコーヒーを間に三人の談笑が続いた。

「あら、もう四時だわ」

まゆみが腕時計から目を離しながら呟いた。チェックを頼んだ。バーは轟とまゆみの二人だけになっていた。パリのホテルのバーに静かに一日の幕が下りた。

轟はバーテンダーに目配せをした。支払い金額にチップを加えてフランで支払った。

「さぁ、ホテルまで送りましょう」

「お願いしてもよろしいでしょうか」

まゆみが礼を言う裏に知り合ってよかったと嬉しさがにこやかな表情のなかに滲んでいた。

「明け方とはいえ女性の一人歩きは危険ですよ。遠慮はいりません。さぁ行きましょう」

二人がカウンターを離れようとした時、バーテンダーが四十年シェーカーを振り続け年季の入った右手を差し出した。固い握手だった。まゆみにも同じ動作を繰り返した。

轟には短い時間とはいえ親愛の情が込められたことを確信した。心に染みる温かい握手だった。まゆみも同じ感情を持った。バーを後にホテルのメインゲートに常駐するタクシーに乗り込んだ。タクシーはやっと明るさを取り戻したパリの街をまゆみの宿泊するホテルへ向かった。

右手にエッフェル塔が見えてきた。まゆみが突然タクシーを止めるよう運転手に告げた。

「轟さん、少し散歩しませんか？　早朝のパリの街もいいものですよ」

言うなりタクシーを降りた。四月とはいえさすがに外気は冷気を含んでいる。

二人は肩を並べ凱旋門《がいせんもん》を通り、セーヌ川の河畔に出た。パリは凱旋門を中心に放射状に街が形成されている。その趣《おもむき》は古きよき時代をそのままに現在に伝えている。街の至る所に歴史を物語る建造物が見受けられる。

セーヌ川に沿って散歩する老夫婦や早朝ジョギングする若者など…。

まゆみは清々しい気持ちでホテルに向かいながら轟と過ごした短い時間のうちに変化している自分に気付いていた。これが恋かしら…胸のうちで小さく呟き轟の精悍《せいかん》を感じさせる横顔にちらっと目を遣った。

まゆみは持って生まれた美貌ゆえにモデルという華々しい職業を得て常に注目されていた、まゆみは轟との出会いで新しい自分を発見していた。それはこれまで男性から言い寄られることに慣れすぎていた自分に気持ちの中で恥じていた。

轟は昨夜から今朝までの短時間に目まぐるしく変化した環境を頭の中で反芻していた。それは一週間どころか二週間分にも相当するほどの出来事に遭遇したような気がした。

一時間も歩いただろうか、気が付いてみると東の空がすっかり白みを増していた。

自動車の往来が増え始め、何事もなかったようにパリの街に今日一日の始まりが訪れようとしていた。

「あのホテルです」

まゆみが指差した。パリでも有名な五つ星ホテルは朝靄《あさもや》の中にシルエットを作っている。

轟はまゆみをホテルのロビーまで送り「気をつけて」とだけ声を掛けて別れた。これでまゆみとは、もう二度と会うことはないだろうと思うと気持ちの中に寂しさが渦巻いた。それは轟の心の中にも、恋という想いが小さく浮かんでは消えた。グッドラック、まゆみに幸せあれを含めて別れを告げた。

まゆみを送った安心感からか疲れが五体を襲ってきた。ホテルに着いたころには脳の八割が睡魔に占拠されていた。轟はその日は殆ど眠って過ごした。

翌日、轟は三日前と同じ空港の出発ロビーにいた。まゆみと出会いホテルのバーでの一件、その一コマ、一コマが脳裏に甦っていた。ずいぶん前の出来事のような気がする。他人との出会いと縁ほど不思議なことはないと実感した。まゆみが轟と出会わなかったら、ひょっとして大きなトラブルに巻き込まれていたかも分からない。そんなことを思い出している時、出発案内のアナウンスが流れた。

機内はほぼ満席だ。機内から眼下に見えるパリの夜景はまるで宝石を散りばめたような美しさだ。学生時代に見たチャールズ・リンドバーグの伝記映画「翼よあれが巴里の灯だ」の一場面を思い出した。園吹まゆみは今どんな夜景を見ているのだろうか…。

六　恵が吉祥寺へ

あれから三十年過ぎたのか、光陰《こういん》矢の如し。歳月の過ぎるのは早いものだ。セピア色した切抜きをもう一度見直した。そして思い出を吹っ切るように冷めたコーヒーを胃に落とした。苦味だけが喉の奥に引っかかった。その時、孤独感が疾風のように心の中を通り抜けた。あとに恵の愛らしい容姿が心に張りついた。

切抜きは薄くセピア色に変色しているが写真の中の園吹まゆみは往時の華やかなファッション界で活躍するモデルそのままで微笑《ほほえ》んでいる。轟は仕舞いかけた切抜きにもう一度目を落とした。変色とともに俺の人生も少しずつ変色し削られているのか…長い歳月を経てきた実感がじわっと心に響き目の前を少し暗くした。その時、またも、清楚な恵の笑顔が脳裏に現れた。何故か無性に会いたい思いが立った。

無意識のうちにコーヒーカップに手がいった。口に運んだが一滴のコーヒーも残っていなかった。これが現実か…。何故か虚無感が心を締めつけた。

恵の笑顔が突然消えた。恵の笑顔が消えたあと、轟がパリに滞在した三日間が鮮明にタイムスリップしていたのだ。そのタイムスリップの時間は二十分にも満たなかった。

その一方で園吹まゆみは今どうしているだろうか、俺と同じ歳だったと記憶している。あれから三十数年か。おばあちゃんになっているだろうか、それとも…元気なら会ってみたい。あの頃の面影を思い出した。気持ちがややセンチメンタルになっていた。

その時、轟家で三代にわたって使っているアンティークに等しいゼンマイ式の柱時計が重々しい音色で午前十一時を打った。轟はセピア色をした切抜きを慈しむように元の日記帳に挟んだ。一抹の寂しさが想風となって胸の中を吹き抜けた。センチメンタルになりがちな気持ちを振り払うように「出かけてみるか」柱時計に目をやりながらぼそっと呟いた。

行き先は決まっている。喫茶山彦だ。店内はクラシック音楽が控え目な音量で流れている。昼前のせいか三十席あるうちの一席に老人が一人スポーツ新聞に目を通しながら紅茶を楽しんでいるだけだ。例によって朝昼兼用のフレンチトースト、野菜サラダ、ドレッシングは気分を変えて和風にした。コーヒーはいつもの濃い目に。

「お待ちどうさま」小さな笑顔でママが運んできた。

「そうそう今朝九時半過ぎに、モデルのようなきれいな娘さんが見えてネ、さっきまで待ってたの。ひょっとしてうわさの彼女…これを渡してくださいって」

ママはレジの脇から平面体の風呂敷包みを持ち出しテーブルの脇に置いた。名前は名乗らなかったとママは言う。

轟は山彦の存在を恵に教えていた。

「連絡もらえばすぐに来たのに」

轟はママの顔を恨めし気に見据えた。脳裏に清楚な恵の面影が張り付いた。

「ごめんなさいね。どうしても手が離せない用事があって電話ができなかったの」

ママはすまなさそうな表情で頭を下げた。轟は包みを解いてみた。十号のパリの街角を描いた油絵が現れた。添えられた手紙に恵を助けてもらったお礼にと、御代龍のサインが認められていた。

轟の手先を覗き込んでいたママが、

「すごいじゃないの、あの御代画伯の絵って人気なのよ。ちょっと見せて」

ママが絵を受け取ると壁に掛ける仕草でもう一度褒めた。

轟はこんな高価な絵を受け取っていいものか思案した。その反面で有名画伯の令嬢の窮地を救ったという誇らしい気持ちも脳裏のすみにあった。

先ほどよりも恵の面影がより鮮明に脳裏を占めた。それはポニーテールを揺らしながら銀座の街を走り去った後ろ姿も一緒に…。しかも脳裏に現れた本人が今しがたまで轟のいる此処、山彦にいたと思うと、年甲斐もなく切なさが胸の中にぐっと強くこみ上げてきた。

轟が小学校五年生の時、若くきれいな先生を好きになった。今思えばあれが初恋というのだろうか。淡く清い思い出だ。今の恵の存在は轟の五十年前に経験した初恋が再来した瞬間と思った。会いたい想いが胸の中一杯に広がりはじめた。

「轟さん、どうしたの、急に考え込んだりして。コーヒー冷めてるわよ」

ママの呼びかけに我にかえった轟は気持ちの中を見透かされているようで照れを隠すように冷めたコーヒーを一気に胃に流し込んだ。苦味が口の中から胃の中に広がった。

ＯＬ風の女子が三人入ってきた。時計が十二時を回っている。轟は無意識のうちに三人と恵を重ね合わせていた。合致するところは何一つない。別に意味もなくほっとした。それは恵の存在を別格にしておきたかったのだ。

「轟さん、どうかしたの？　トーストにも手をつけないし、さっきから物思いに耽っているみたいで…」

ママは轟の胸中を察しているかのような口振りで声をかけた。確かに普段の轟とはどこか違う様子にママも違和感を覚えたのだろう。

「何でもないさ」轟はややぶっきらぼうに一言返した。

「何でもない顔じゃないわよ。顔色は悪くないわね。他に何か悩みでもあるの」

ママは三人の女子に目を遣りながら声は轟に掛けた。三人の女子はアイドルグループのイケメンがどうのと相変わらず喋りづくめで好きなアイドル談義に花を咲かせている。

フレンチトーストが少し固くなり始めている。轟はチラッと女子を見ながらコーヒーのおかわりを頼んだ。

「本当にどうしたの？　いつもと違って全然変よ」ママの表情が少し曇った。「病院に行った方がいいんじゃないの？　独り身だから心配だわ。何かあってからでは遅いわよ」

そう言われてもどこも悪くない。しかし恵のことが気になっているとも言えない。言おうものならいまさらいい歳をして、と笑われるのが関の山だ。

人生七掛けと言われる現在、その通りに計算すると俺はまだ四十二歳だ。そう思えば恋をしたっておかしくはない。しかし実年齢は実年齢だ。実年齢が優先されるのが常識だ。頭髪は九割方残っているのが救いかもしれない。轟は、恵の存在をこれまで以上に意識している自分に気づいた。それはジレンマに陥っている自分がそこにあったからだ。

俺は社会人になって四十年近く勤め上げ、それなりに人生の実績も残した。今、振り返ってみると仕事は別として恋もなく趣味もなかった、ビジネスを除けば四十年の歳月が空白だったような気がしはじめていた。

恵という若い女性に出会って初めて情愛の本質を知った。仕事だけに明け暮れた毎日を振り返ってみると情愛を忘れていた四十年間は心の空白でもあった。悔やんでも悔やみきれない。後悔だけが津波のように胸の中に押し寄せてくる。津波を縫うようにどこかで俺を呼ぶ声がした。どこからかは分からない、ひょっとして恵の声だろうか、それとも…。

その時、

「後悔だなんて、そんなことないわよ。わたしは轟さんに好意を持っていたのよ」モデルまゆみが目の前に、当時の容姿で現れた。声色はまゆみではない。別人の声色だ。誰だろう、恵か。それは自分よがりの勝手な願望であった。山彦のママの声にも似ている。

パリでの一夜、確かにまゆみの好意を感じた。しかしあの時はお互いに生きる世界が全く違っていたことを自覚していたのだ。

轟は白日夢の中で言葉を返していた。

あの時の出会いはあまりにも刹那的で一夜を共にしても真の恋は成就しなかっただ

ろう。あれはあれで一枚の切抜きと、懐かしい思い出をセピア色に包んでおこう。瞼の裏に恵の面影を見ていた。いつしか真っ昼間というのにあのセピア色の切抜きと恵の存在が重なり、過去と現在の狭間に想いを巡らすうちに山彦のソファの上で浅い睡魔に襲われていた。

「轟さん…」肩を揺すられた。浅い睡魔が散った。声の主を見上げるとスナックバー「恋の欠片」の常連、げじげじ眉の関山が轟の前に腰を下ろした。

「やぁ…」轟は浅い睡魔を破られた上に恵への想いにも横槍を入れられたことで声が不機嫌になっていた。

関山はげじげじ眉に似て性格も大雑把で、誰彼構わず、気持ちの中にまでずけずけと入り込んでくる男だ。どういう訳か今日は関山の笑顔に陰を感じた。

「ちょっと相談に乗ってもらえませんか」

それでも頼みごとをする時は神妙な態度で両手を合わせ拝む真似事をしてみせる。

「俺は人様の相談に乗れるほどの人格者じゃありませんよ」

轟は表情を強張らせ面倒なことには巻き込まれたくない、端から断っておいたほうが得策だと即座に断った。

「あら、もうこんな時間？　三つに割ってください」三人の女子が席を立った。三つとは割り勘のことである。

関山は横目でちらっと女子に遣った目を轟に戻した。「いや大したことじゃないんですよ」関山はテーブルに両手を八の字について身を乗り出した。そして右手のささくれ立った小指を立て轟の顔の前に突き出した。関山が小指を立てた。小指を立てたのは色ごとの代名詞だ。その仕草は卑猥《ひわい》でもあり、滑稽《こっけい》にも見えた。その仕草を見た轟は、

「女のことは俺には分からないよ。恋の欠片のママにでも相談してみたら」

「それがママに関することなんで…そこをなんとか…人望のある轟さんに一肌脱いでもらおうと思って、お願いしますよ」

言い終えて、関山は目を宙に泳がせた。そして再び懇願した。轟はどろどろした初老の男女問題は真っ平とばかりに苦虫を噛み潰したような表情でげじげじの顔を正面に右手を左右に強く振って断りの意志を強調した。一方で関山はこの話を引き受けたものの、自分の力ではどうにもならないと悟り、轟に頼ったのだ。

「そんなことを言わずに当野ちゃんがママにぞっこんだってことは轟ちゃんも知っているよね。何とか仲を取り持ってくれって泣きつかれちゃってさ。俺、あんまりママに信用がないだろう。轟ちゃんはママに絶対の信用があるだろう。何とか頼みますよ」

いつの間にか轟さんから轟ちゃんに変わっている。その変わり身の早さと軽さが轟

はあまり好きではない。

「俺なんかが中に入るとややこしくなるから、男と女の問題は当事者間で話すのが一番いいんですよ…。俺は無理、むり」

右手で何かを追い払うように再び強い口調で告げた。

関山は当野から頼まれた時「あいよ、俺に任せとけ」と軽く請合いをしてきたことを今になって大いに後悔していた。

轟は初老の男女の色恋沙汰に関わること自体に不快感を覚えていた。もし恵に出会っていなかったら、男の興味話のつもりで話だけでも聞いてやっていたかもしれない。しかし今の轟の気持ちに存在する恵と、大人のどろどろした色恋を一緒にすることに嫌悪感と抵抗があった。一方で関山はまだ未練がましく「何とかそこを」と両手を合わせた。そんな関山に「これから娘に会うので失礼」席を立った。

「えっ、いつかの噂の？　あの娘さんに」

「そう」伝票を摑んでレジへ向かった。これは嘘だった。本心は恵に会いたいという本能が言わせたのだ。山彦を出た轟は「さてどこに行こうか」呟《つぶや》いた。呟きに反応するように銀座の地名が浮かんだ。太陽は西に少し傾き、日時計的には午後四時を少し回っている感じだ。

恵に初めて出会った銀座へ出かけることにした。万が一つの確率で恵に会えるかも…淡い期待を胸に吉祥寺、荻窪といつもの同じルートを辿り銀座へ出ることにした。轟は今の自分の行動に不自然さを感じながらも恵に出会った時と同じ行動を抑制することができない自分に気づいていなかった。会えるか、会えないか複雑な気持ちで銀座四丁目の交差点に立った。詮ないことである。銀座へ来る電車の中で、若しやの思いで恵の姿を探した。無駄な行為だと分かっていながらも…。またも哀しく虚しい風が心の中を吹き抜けた。

銀座の風も風景も何ら変わっていない。変わっているのは今の自分の気持ちだけだ。あの日、恵が駆けてきた方向に目を遣るが大勢の歩行者がスクランブル交差点を往来するだけで、その中から恵らしい歩行者を探し出すのは至難の業だ。況してや銀座に来ているのかいないのか、それすら定かではない。砂漠の中で一粒のダイヤモンドを探すようなものだ。信号が赤に変わった。

その時「おや」

反対側に何かを感じた…気持ちの中にさざ波が立った。歩行者の間を縫うように目を凝らすが後ろ姿は恵に似ているが人違いだった。轟はしばらくその場に立ち尽くし信号の変わるごとに歩行者の流れを目で追った。しかし恵は現れない。約束したわけではない、現れないのが自然の成り行きだ。思えば気持ちが沈む。詮無《せんな》いことだ。腕時計に目を落とすと五時三十分を回ろうとしている。時折、四丁目角の交番から若い警官がちらちらと轟を窺《うかが》うような仕草で出入りしている。不審者と見られているのだろうか、あと三十分もすれば職務質問を受ける可能性もある。これだけ待ったのだから諦めるしかない。あと十分、いや五分待てば会えるような気がした。しかし今が潮《しお》時《どき》だ。轟はその場に心を残して離れ、往来の流れに入った。

このまま吉祥寺へ帰る気がしない。足は勝手に浩寿司に向いていた。

銀座五丁目まで来た。恵とははじめて出会ったところだ。正確にはストーカーから恵を助けた場所だ。会いたい感情が衝動的に胸を衝いた。脳裏にあの清楚なポニーテールの容姿が膨らんだ。

今日は金曜日か。銀座の宵の口は一週間のストレスを吐き出すように行き来するサラリーマンの姿が活き活きとして見える。沈んでいるのは俺一人だろうか。自問自答してみた。そんなことを思っても詮無いことだと分かっていながらも、気持ちに逆らうことができない自分がやや捨鉢的な気分になっていることに苦笑いがもれた。湿っぽい気分と暗い気分の混ざった顔で浩寿司の格子戸を引いた。まだ宵の口のせいか客の入りは五分だ。カウンターの隅に腰を下ろした。

「今日はお一人で？」

店主の田尻浩一はてっきりいつかの可愛い女性が連れであるものと思ったのか「後から見えるの？」

「いや、今夜は独りでゆっくり飲みたいと思って…」

「轟さんにしては珍しいですね。独りで飲みたいなんて」

店主は轟のひと言で気持ちの変化を読み取っていた。

「どうぞごゆっくり」

それ以上のことは言わない。余計なことを詮索しないことが客商売の鉄則だからだ。轟は恵のことだけが脳裏に張りついていた。それをふり払うようにビールと日本酒を胃に流し込んだ。飲みたくなった理由は店主にも話さなかった。また、話せるものでもない。「今夜はかなり飲みましたね」店主はそれだけ伝えた。

その夜、轟はどうして帰宅をしたのか記憶がとんでいた。しかし酔いの頭の中で切れ切れに恵の面影が現れたことだけははっきりと覚えている。

翌朝、轟は心の中に恵の存在が根付き始めたことに複雑な思いが何度も過っていた。

轟の青春であるべき四十年は、仕事という垣根に阻まれ恋愛の切っ掛けすらなかった。いま、恵という存在を得てからの轟の気持ちの中に独り善がりでもよい。その空白を埋めるチャンスが巡ってきたと勝手に決めつけた。しかしそれが恋の芽生えにしては、あまりにも遅すぎ惨めである。反面で恵への気持ちは動かしようがない。これがビジネス一筋できた四十年の恋愛歴なき空白の負の大きな対価なのか。悔やんでも後戻りすることはできない。

七　夢の中の愛しい恵

深酒をしたあの日から一週間が過ぎていた。朝から霧雨が止むこともなくしとしとと降り続き屋外の空間は薄い雨の膜で覆われ、轟の心の襞までも暗くしている。この日、轟は外出せず早めにベッドに入った。浅い眠りの中で現と幻の渕を彷徨っていた。年齢と気持ちがタイムスリップしていた。轟圭介は三十代に戻っていた。恵はそのままに二十一歳、二人は恋愛関係にあった。

轟はある風景の中にいた。所在地は定かではない。しかし何処かで見た風景だ。思い出そうと思考を巡らしていた。時折、春風が桜の花弁を散らす。

風景の中の轟は三十代に戻っていた。そこは小さな漁村の小さな漁港の船溜りだ。防波堤に囲まれた入り江の中に舫い綱につながれた十数艘の漁船が小さな波を受けて舳先が上下に小さな揺れを繰り返している。何処かで見た風景だ。幼少のころか、だが思い出せない。轟は防波堤に腰掛けてさざ波を受けて前後に高く低く、そして左右に揺れを繰り返す風景を飽きもせず眺めていた。時折、漁船の底に取り残されている小魚を目掛けて海鳥が急降下、小魚を咥えると、あっという間に花曇りのどんよりした空へ向かって斜めに舞い上がっていった。

「圭介さーん、圭介さーん」

春風に乗って轟を呼ぶ声が後方から聞こえてきた。艶のある若い女性の声だ。「圭介さーん」今度は近くで聞こえた。恵の声だ。振り返るとロングヘアーを春風になびかせて駆けてくる。恵の身体を包む白いワンピースからすらりと伸びた美脚、その容姿はどのように表現すればよいのか言葉が見つからない。それほどまでに上品さの中に清楚さが溢れている。

「待った…」

耳元で甘い声がした。

「うぅん…」

曖昧《あいまい》な言葉で応じたまま恵の顔を見上げた。駆けてきたせいか「ハァハァ」規則正しい呼吸で息を切らしている。額にはうっすらと汗が滲んでいる。その表情に圭介は「綺麗だ」声にならないほどの唸《うな》るような小さな声を発した。

「何か言った?」

「うぅん」

圭介は海鳥の行方を目で追いながらまたも曖昧な返事をした。それは思った本心を自分の心の中に一人占めしておきたい想いが走ったからだ。

番《つがい》だろうか、二羽の鴎がまたも水面を目掛けて急降下した。あっという間に海中の小魚を咥えて急上昇していった。轟は素早い動作を目で追った。目を戻すと愛しい恵がそこに居た。

恵がワンピースの裾を両膝の裏に両手で折るようにして轟の隣にしゃがみ込んだ。恵は轟と同じ目線で海面を見た。春風が通り過ぎ海面に小さなさざ波ができて消えた。そのあとまたさざ波がきた。そのさざ波は、まるで恵の鼓動のように轟には感じられた。

堤防に腰かけた時からずっとさざ波を見ながら恵のことを考えていたのだ。轟の横にしゃがみ込んだ恵に「好きだよ」と、相変らず海面のさざ波を見つめながら呟いた。恵は声に反応、わたしもよ、やさしい声が応えた。

圭介にはまだこの場所が何処なのか思い出せないのだ。

一陣の風が海面を大きく波立せた。船留りの漁船が左右に大きく揺れると、漁船をつないでいる舫い綱もつられて大きく揺れた。空の色は相変わらず薄墨を掃いたような花曇りだ。風につられて、何処からか桜の花弁がひらひらと舞って海面に浮んだ。轟は桜の花びらの舞ってきた方向に顔を向けた。恵と目が合った。桜と恵、なぜかその場の恵に、これまで感じたことのないほどの愛しさが、稲妻のように轟の脳を刺激した。抱きしめたい衝動に駆られた。ここが船留りでなかったら、漁師の姿がなかったら、衝動が走るままに身体が情熱的な行動を起こしていただろう。船留りという環境に、圭介の理性が反応して抱きしめたいという行動を抑制したのだ。

「美しい、俺一人の恵だ」

気持ちの中で呟き、轟は改めて恵の美貌に見入った。轟は恵の手を取った。その手はまるで天使のような優しい感触の手だった。

午過ぎの船留りは漁を終えた漁船が相変わらずさざ波の中でゆたゆたと揺れを繰り返している。

「どうかしたの」恵は轟圭介の顔をのぞき込んだ。手はしっかりと握り返していた。

「うん」また、圭介は曖昧な返事をした。

「ねえ、ほんとにどうしたの」

「恵ちゃんが、あまりにも綺麗だからさ」

轟はやっと本来の圭介らしい顔に戻って応えた。

日焼けした屈強そうな体躯《たいく》の初老の漁師が二人にチラッと目を遣って通り過ぎた。

「ああ、よかった。深刻な顔して海を見つめているから、飛び込むんじゃあないかと心配しちゃった。ほら、こんなにドキドキしているでしょう」

恵は自然な形で轟の手をとって自分の胸に持ってきた。轟の手に規則正しい恵の鼓動が伝わってきた。轟は一瞬、とられた手を引っ込めようとしたが、気持ちが逆の行動をとらせていたと自己弁護しながらも、本心はこうなることを待っていたのだ。結局は恵の行動に従わざるをえなかった。というより自らが従ったのが本音だ。

「恵ちゃん一人残してそんなことできないよ。考えたこともないさ」

轟圭介は隣の恵の手をもう一度力強く握った。その掌はふっくらと、しっとりした優しい感触だ。恵も優しく握り返した。これもお互いの愛情表現の一つである。どれほど時間が経ったのだろうか、圭介と恵ははホテル「かもめ」にいた。

ホテルとは名ばかりで、民宿といった方が分かりやすい。何度も改築、増築を繰り返したのだろう、部屋をつなぐ廊下が迷路のように東西南北に広がっているのだ。年代物の木製ベッドに若鮎のような恵が一糸纏わぬ姿で横たわっている。その姿はまるで白磁の美しさである。すらりと伸びた美脚は、真珠の艶やかな白い輝きをおもわせる。

轟が初めて見る恵の裸身である。

「美しい。恵のこの身体は俺のものだ。誰にも渡したくない、いや渡さない」

呻《うめ》きにも似た感嘆の声を漏した。

圭介はさっき海面に散った桜の花びらにも似た恵の唇にそっと接吻《くちづけ》した。その唇はふっくらと、そしてしっとりと優しさを含んだ唇だった。圭介はその唇を舌で押し開くように侵入した。恵の口中から「あっ」とも「うっ」とも、とれる甘美を表す言葉が漏れた。同時に蜜のような甘い感触が口中に返ってきた。

　戸外はすでに夜の帳《とばり》が支配している。ホテルの窓からは遠く近くの漁船の漁火《いさりび》だけが波に揺られて、ホタルの光のようにチカチカ見えるだけの静かな港町の夜である。時折、はるか沖を航行する中型船の汽笛がボーッと夜気を震わせて聞こえるだけだ。

　圭介は再び恵の両頬を両手でやさしく挟むように接吻した。今度は恵は小さく唇をあけ、圭介の行為を完全に受け入れる仕草をした。圭介の舌を伝わってくる恵の甘美な蜜が圭介の全脳を刺激し、五官に官能の波が押し寄せてきたのだ。

「恵、好きだ。絶対に離さないよ」

　圭介はうわ言のように何度も言いつづけた。その時、恵の全身全脳にも、圭介から受けている官能の波が寄せては返すさざ波のように襲い掛かっていた。恵の白磁をおもわせる肌にうっすらと紅色が広がっていった。

　その紅色が圭介への愛情を示したのだ。圭介は恵をこの時ほど愛しいと思ったことはない。「恵」と愛しさを感情に込め、抱きしめようとした時、現実の世界に引き戻された。

　夢とはいえ、轟の五官には夢の中の接吻だろうか、官能の余韻《よいん》が尾を引いていた。逢いたい感情が津波のように全身に押し寄せ気持ちが弥《いや》が上にも高ぶってきた。

　その時、高ぶりを破るように夢が途切れた。

ああ…、夢だったのか、轟は二時間前にベッドに入る時、気持ちの中に溜まっていた靄々《もやもや》したものが、一気に晴れていくような気がした。夢とはいえ過去に経験したことのない強烈な擬似恋愛体験をしたのだ。しかし今、目覚めた世界は紛《まぎ》れもない六十歳を超えた老体の轟圭介が生きる世界でしかない。

夢の中とはいえ恵の体にふれた行為に恵にすまないという思いが気持ちを少し重くした。目覚めて見回した部屋はなぜか隅々まで冷たい空気が漂い、独り身の悲哀と人生の悲哀も一緒に背負っている自分が存在するだけだ。この時ほど恵が恋しいと思ったことはない。

八　画廊の恵

轟が恵と出会って一年が過ぎようとしていた。銀座の街にも吉祥寺の街にも恵の住む田園調布にも季節が移ろい、木々には紅葉から枯葉に晩秋の風が吹き始めていた。時折、枯れ葉が路面をカラカラと風に吹かれて転がっていく。何だか物淋しい、感傷すら感じる季節の変わり目の到来だ。

恵はあれから時折、吉祥寺へ轟を訪ねてきては喫茶店山彦で二、三時間ほど轟が海外赴任していた当時の国々の出来事を聞くことを楽しみにしていた。「わたしも行ってみたい」と目を宙にとめ何かを想像している仕草を見せた。可愛い仕草に轟は気持ちにほっこりを感じた。そんな出会いが重なるうちに轟もアルバムを持参し、あれこれ話す時、現役に戻ったような錯覚の世界に入り込んでいた。その時の轟の表情は活き活きと、気持ちは青春を取り戻していた。

「おじさん、こうしてお話ししていると、とっても楽しそう。何だか三十代の若さみたい、恋しちゃおうかな…、わたし、今が一番楽しい時かも…」

恵は時々、轟がドキッとするようなことを無邪気な表情で口にした。

そう言われるとお世辞でも嬉しかった。歳甲斐もなく照れを隠すのに空咳をしたり、コーヒーを一気に喉に流し込んでむせる仕草で誤魔化《ごまか》した。轟にも青春の訪れか？予感が気持ちの中に芽生えた。

恵が珍しく二週間も連絡をしてこなかった。気になりはじめていた。そんな朝、高尾の紅葉が見頃と朝のテレビニュースが報じていた。去年は見逃したので思いついたが吉日と、出かけることにした。玄関を出ると郵便配達員と出会《でくわ》した。

「轟さん、郵便です」白い角封筒を手渡された。差出人を確かめると恵の父、御代画伯からだ。銀座の画廊で開かれる個展の招待状だ。

轟は開催初日に合わせて白い胡蝶蘭を贈り、画廊には二日後に出向いた。

画廊に出かける気持ちの半分は恵に会えるかもという期待の方がやや強いことも否めない。不謹慎と言われても仕方がないがそれが今の男、轟圭介の本心でもあった。いつものルートで丸ノ内線銀座駅で下車、四丁目交差点に出た。心が弾む。恵と約束でもしたかのように画廊のドアを押した途端に恵と鉢合わせした。恵は受付を手伝っていた。

「あら、おじさん来てくださったの、すてきな胡蝶蘭ありがとうございます。それにわたしお会いできてうれしいなぁ」ポニーテールを揺らして可愛い笑顔で頭を下げ両手で轟の手を握った。轟も恵がこんなにも喜んでくれるとは思っていなかったので戸惑いが立った。

「おめでとう。お父さんは」

「あそこです」

恵が指差した先に御代画伯と恰幅のよい初老の紳士が山岳絵の前で談笑している。轟は談笑の邪魔をしては失礼と思い先に絵画を鑑賞することにした。

さすがに現代画壇の有名画伯だけに招待者は引きも切らずまるで雑踏する交差点のようだ。ふと恵との出会いを思い出した。その恵はすぐ側にいる。気持ちが高ぶってくる。絵画を鑑賞することで、かろうじて感情を抑えた。壁に掛けられた絵画のほとんどに売約済みを示す符牒《ふちょう》が付いている。おそらく将来、十年、二十年と経過するうちに五倍にも十倍にも値上がりする絵画ばかりに轟は威圧された。轟は画廊内を一回りしたあと御代画伯に挨拶しているところへ恵が寄ってきた。

「おじさん…」呼びかけ、後を続けようとしたとき「恵、轟さんは恵の恩人ですよ。おじさんじゃ失礼だよ。おじ様と仰しゃい」強い口調で注意した。

「いや、おじさんでいいですよ。その方が親しみがあって、ねぇ恵ちゃん」

「わたしもおじ様と呼ぶと何だか肩肘張ったみたいで嫌だわ、ねぇおじさん。お友だちですもんね」

恵はまるで父親に甘えるような仕草を見せた。周囲の客の一人が、この様子にニコッと笑顔で轟に頭を下げた。轟も気持ちにほっこりと温かいものを感じた。

「ああ言えばこう言うで、じゃじゃ馬みたいな娘ですが、悪いところがあったら遠慮なく叱ってやってください」注意しながらも画伯の目は恵に対して親としての慈愛にあふれている。

「おじさん、ゆっくりしてくださいね。五時になったらわたしの役目は終わりますから、浩寿司さんに行きましょうよ。ねぇ、パパいいでしょう」

「いいけどご迷惑をお掛けするんじゃないよ」

画伯は轟に一礼してその場を離れた。廊内は相変わらずの盛況振りである。

轟はエッフェル塔を背景にパリの街角を描いた三十号を購入した。ふと、三十数年前のモデル園吹まゆみと出会ったころを思い出した。懐かしさが脳裏をゆっくり過った。恵にもいつかあのパリの夜の武勇伝を話す機会があるだろうと、その時漠然と思った。

轟は腕組みの仕草で数点のパリの風景画を眺めているところへ「お待ちどうさま」恵が紺のスーツに同色のロングパンツ姿で現れた。まるで現役の女子大生のようだ。轟と連れ立って歩くと、まるで父と娘に見える。轟は照れる気持ちと、好い娘《こ》だろうと誇らしい気持ちの入り混じった複雑な気分を味わっていた。しかし本心はこんな若い娘子と一緒だ。うらやましいだろうと少々浮き足立っていたのも事実だ。

「ねぇ、本当におじさんはどうして結婚されなかったの」恵が唐突に先日と同じことを聞いてきた。

「さぁ、なんだろうね。しいて言えば結婚という縁に巡り合わなかったのかな。外国生活が長かったからね。それも一箇所ではなく方々の国をまわっていたせいかな」最初に会った時と同じ返答をした。何とも要領を得たような得ないような返答になってしまった。

「外国の女性で好きな方はいなかったんですか？」恵は轟の過去が少々気になるのか轟の横顔を見上げて再び聞いてきた。

「僕は妻にする女性は日本人と決めていたからね。恵ちゃんのような淑やかな大和撫

子タイプの女性をね。それも昔の話になっちゃったさ」応える言葉が細っていること
に轟は自分でさっきから気付いていた。知ってか、知らずか何時の間にか恵は轟の腕
に自然体で自分の腕を絡めていた。
　恵は気が付かなかったが轟の最後の語尾が少し細っていたことを、
「わたしが大和撫子？　うれしい、でもわたしはじゃじゃ馬ですよ」恵はことさら明
るい声で応じた。
「それならわたしおじさんのお嫁さんになろうかな。なってもいいでしょう」
　轟がドキッとすることを清楚な表情で平然と口走った。
「ありがとう、恵ちゃんにそう言われると本当に嬉しいね」
　轟は実現不可能と分かっていながらも平静さを装うのが精一杯だ。でも、今こうし
て恵と二人で歩いていることは事実だ。その二人に晩秋の風が季節の移《うつ》ろいを感じさ
せる。「もう秋も終わりね。秋って詩情豊かな秋って言うでしょう。ちょっぴり寂し
く何かあるとセンチメンタルな気分になるでしょう。わたし恋人いない歴二十三年で
しょう…だからよけいにそう思うのかしら」恵はほんの少し寂しそうな表情で銀座の
空に、茜色《あかねいろ》に染まるさば雲を見上げて呟いた。
「恵ちゃんほどの美人で可愛いお嬢さんには、きっと好い男性が現れるよ」
　轟は慰めのつもりで掛けた言葉の裏で本当に、そんな男性が現れたらと思うと、歳

甲斐もなく寂しさと嫉妬めいた思いが胸の中に渦まいた。それは、轟が背負う哀しい年齢差という宿命の一端でもあるかのようにすぅーっと秋風が吹き抜けた。

「おじさん、浩寿司さんよ」

恵は轟の顔を見上げ弾んだ声をかけた。それは轟の横顔に少し影があるのを恵は感じたからだ。

六時前の銀座は昼と夜の狭間《はざま》にあるのか、何かが足りないのか、活気が少し薄い。浩寿司の格子戸の両側に商売繁盛の盛り塩が客を迎えている。店内は時間が早いせいか五分の入りだ。七時ともなるともう満席になるほどの繁盛店だ。

「お早いお着きで」店主の浩一が笑顔で迎える。

「そこの画廊で御代画伯の個展が開かれているので…」

「えっ、えっ、御代画伯、あの有名な画伯とお知り合いで？」店主の声に先客一人がふり返って二人に目を遣《や》った。

店主は意外なという顔つきで轟の顔に目を移した。次に隣に立つ恵に「いつぞやは、今日はまた一段と美人になって、一緒に絵の鑑賞に？」今度は恵と轟を交互に見ながら褒めるともお世辞ともとれる妙なニュアンスで言葉をかけ「どうぞ」カウンター席を指した。

「浩ちゃん、こちらは御代画伯のお嬢さんで恵さん、これからもよろしくね」

「えっ、あの御代画伯の？　それならそうと最初に見えたときにそう言ってもらえば……」店主は驚きの表情のまま手が止まった。恵をまじまじと見つめ、その後、轟に目を移し、どうしてこんな取り合わせに、と言わんばかりの口調で「こりゃぁたまげた」店主は大仰な表情をみせた。前回、来店したときに恵を助けたことは承知していた店主も、あれはその場限りのことだと思っていた。それがよもや初老の男とうら若い女性が付き合っているとは。店主は今の光景を見て付き合っていると勝手に決め付けたのだ。

「轟さんもやりますねぇ」店主は今度は羨望《せんぼう》の眼差しで言葉を返した。店主の声にテーブルの客が気付き、好奇心も露に幾つもの目が二人の存在を注視した。

「御代恵です。いつも轟のおじさんにはお世話になっています」

「こんな可愛いお嬢さんなら、あっしもお世話したいなぁ、こりゃあ冗談、冗談」

店主は美人女将にチラッと目を移し、ちょっぴり本心を隠すように「お嬢さん、今日のマグロは極上ですよ」活きのよさを強調した。この夜、轟と恵は、まるで父娘のように浩寿司で食事を楽しんだ。

浩寿司を出たあと、轟は田園調布まで恵を送り吉祥寺へ帰ったのは午後十時を十分ほど過ぎていた。タクシーの中で恵は意外なことを口にした。

「わたしもう少しおじさんから人生勉強って言うか、色んなことを教えてくださいね」

「人生勉強ってどういうこと？」

恵の発言の意図が分からず戸惑った。

「そんな大げさなことじゃないんです。おじさんが歩んでこられた人生の中で記憶に残っている出来事を聞かせて欲しいんです」

「また、どうして僕の人生の足跡なんて、ありふれたもので恵ちゃんの役に立つようなものは一つもないと思うけどね」

「そんなことないでしょう。一つでも二つでも聞かせて欲しいんです。外国生活の有様とか」

「じゃぁ考えておこうね」轟はそう言うしかなかった。

ここまでがタクシーの中での会話である。恵が聞きたいのは轟が還暦を迎えた今日までどうして結婚をしなかったのか？　結婚観についてである。おじさんはこれまでチャンスがなかったからだと言っていた。口には出さなかったが恋愛で心に大きな傷を負っていたのではないかなど。恵も二十三歳になった今、結婚へのプロセスを考えてもおかしくない歳になっていたからだ。半年ほど前に親からすすめられた見合いは、もう少し勉強したいからと理由をつけて断った。その背景には恵の気持ちにあるステップがあったからだ。それは轟の人間性に魅力を感じはじめていたからだ。

つい最近、恵は大学のサークルで二年先輩だった山崎から結婚を前提に交際をしてほしいと申し込まれた。しかしあまり親しい間柄でもなかったし、とかく悪い噂のある先輩でサークルの中でも浮いた存在だった。山崎はサークルの名簿から恵の住所と電話番号を調べ田園調布駅で待ち伏せするようなストーカー紛いのこともしばしばしていた。恵はこんな山崎の話には全く無関心で取り合わなかった。

轟が恵をタクシーで送った日から二週間が過ぎた。

今日も例によって喫茶店「山彦」でいつもの時間にいつものメニューで朝昼兼用の腹固めをしていた。食後の濃いめのコーヒーを楽しんでいるところへ、珍しく連絡もなしにひょっこり恵が顔を出した。轟は意表をつかれた表情で恵を見上げた。いつも訪ねてくるときは必ず電話連絡をしてくれる。それが今日は違っていた。こんにちはの挨拶も何故かぎこちない。

「どうしたの？」それしか言葉がみつからない。「おじさんにどうしても相談に乗ってほしいんです」恵は何か思いつめた様子で表情がくもっている。「いい話じゃないんです。でもお願いします」ひと息おいて言葉を重ねた。

「ママ、恵ちゃんにコーヒーを」一杯のコーヒーが精神安定によいことは轟が実践して分かっていた。

恵ちゃん、少し顔色が悪いわよ、言いながらママがコーヒーを持ってきた。

恵は呼吸を整えるように一息ついてコーヒーを口にした。

轟は恵が落ち着くのを待って、相談って何？　内容を質した。

恵はコーヒーカップをテーブルに戻すと山崎からプロポーズされたことを話した。

話を聞くうちに轟は山崎の言動に無性に腹立たしさを覚えた。腹立たしさの裏に何故ここまで恵の一挙一動に気持ちが入り込んでいるのか分かってはいけないと知りながらも、真逆に分かり過ぎるほど分かっていた。歳甲斐もなく何を考えているんだと、自分に言い聞かせていた。しかし考えれば考えるほど詮無いことだった。スナックバー恋の欠片の常連客で物知りの野辺がおもしろいことをこの前、言っていた。「ほれるという字（惚れる）とボケるという字（惚ける）を漢字で書けば同じだよ、つまり女子に惚れて次に色惚けしていくということさ。気をつけろよな。当野ちゃん」恋の欠片のママに惚れ込んでいる当野のことをそれとなく指しているのだ。

轟は野辺の蘊蓄《うんちく》を「年取ってからの色事には気をつけろよ」と解釈した。しかし俺は違う。恵に惚れたのではなく、好意を抱いた。野辺なら「そりゃ違うよ。轟さんが自分の都合のよいようにこじつけているだけで本心は惚れるも好意も同じさ」と言うだろう。野辺の持論もあながち的を外していないと思う。そんなことを考えているとつい頬が緩んでしまう。

「おじさんどうされたの、急に嬉しそうな表情になって…」

「何でもないよ」

今の心中など恵に話せるものではない。

「恵ちゃん、ごめん、ごめん、相談の本題に入ろうか」

「兎角《とかく》の噂があるって言ったでしょう。結婚詐欺のようなこともしてるってお友だちから聞いたんです」

恵は苦々しげな表情をつくった。

「恵ちゃんに近づいたのも、お父さんが高名な画伯ということだろうね。お父さんが現代画壇の第一人者でしょう。知り合いとか何とか言って第三者を信用させ詐欺紛《まが》いのことをするには打って付けだからね」

「そんなことする人なんか警察に捕まっちまえばいいのに」

恵はまたも可愛い顔に眉根を寄せて「結婚詐欺なんて卑劣で最低だわ」語気を強めた。

話を聞いた轟は恵に対する山崎の行為が許せなかった。「来週の日曜日三十分でいいから会ってほしいとしつこいの、わたし会ってきっぱりと断るのでおじさん一緒に行ってください。お願いします」

恵は藁《わら》にも縋《すが》る思いで轟に目を向けた。

「もちろん一緒するよ、まだ体力には自信もあるしね」恵の手前もあって歳甲斐もなく、やや誇張した言い方をした。

「本当に嬉しい、おじさんはやっぱり正義の味方ね」恵は轟が同行してくれることで安心したのか、その日、轟と一緒に吉祥寺の山彦で二時間を過ごし、田園調布へ帰って行った。

日曜日の午後、轟と恵は若者で賑わっている新宿アルタの前で落ち合った。

山崎が指定した喫茶店に出向いてみると既《すで》に来ていた。山崎は今流行の言葉でいうチャラ男の表現がぴったりの男だ。両耳と鼻にピアスを付け、両手の指には安物としか見えないガラス玉の指輪、こんな男に騙される女性がいるのかと思うと温厚な轟にしては珍しく腹立たしさを抑えるのが精一杯だ。店内はジャズが流れ、若いカップルが多く穏やかな雰囲気が漂っている。

「やぁ」山崎は馴れ馴れしい言い方で椅子に腰掛けたまま右手を上げた。

轟は恵を背後に立たせたままで腰を下ろさず山崎を見下すように開口一番「交際とか結婚とか、軽々しく言ったそうだが、叔父としてはっきり断る。二度と恵に近づくな」低いが語気も強く一方的にぴしゃりと言い放った。山崎には轟の形相は仁王像に似ていただろう。

「さあ、これでもう用は済んだ。帰ろう」

恵の背中を押すと踵を返した。店の客は、つむじ風のような一瞬の出来事に啞然とした表情で二人を見送った。その時、ジャズのドラムが一段と大きく鳴った。山崎は轟の気迫に満ちた態度に圧倒されたのか、ひと言も言葉を返すことができないまま、二人の後ろ姿を啞然とした表情で見送っていた。

「ちょっと言い方がきつかったかな、でもあれぐらいの忠告をしないと…」

恵に声を返しながら、ちょっと言い過ぎたかなと、大人気なさを悔いた。

「ありがとうございました。ほっとしました。これで二度も助けてもらっちゃった。おじさんはやっぱりわたしのヒーロー」

恵は轟の横顔を見上げながら嬉しそうな表情で腕を絡めた。その表情の裏には轟の頼もしさを強く感じていたのだ。そう思った瞬間、恵の胸に小さな動揺が走った。自分でも顔にうっすらと紅が広がるのを意識した。

結婚詐欺紛《まが》いのチャラ男に一喝を入れてから一週間が過ぎた。恵から電話が入った。チャラ男の化けの皮が剝げ警察に捕まったという。

「ほかに変わったことは…」

「平々凡々の毎日です。おじさんと一緒にまたお寿司を食べたくなっちゃったー」

恵は電話の向こうから甘えた声を送ってきた。轟は恵の甘えがうれしかった。

「じゃぁ恵ちゃんの都合のいい日に浩寿司に行こうね。僕は暇だから何時でもいいよ」

轟は暇と言ったが自分史を纏め始めていた。

九　あの園吹まゆみが

いざ自分史の編纂に取り掛かってみるとビジネス文章ならまだしも、自伝となると意外と難しい。原稿用紙を前にして、桝目を埋める文量をどうするか思案にぶつかった。まず幼少の頃の記憶まで遡らなければ書き出せない。誕生時の写真はアルバムのページを捲ればセピア色に変色してはいるが保存されている。しかし幼年期の記憶は曖昧《あいまい》なもので思い出してもかなりのズレがある。ズレを修正するために納戸の奥にしまってある当時の写真や雑誌、手紙をあれこれ探し朧げに残る記憶を繋ぎ合わせることができる作業は楽しくもあり苦労でもある。

慣れてくると思い出が映画のように脳裏に現れてくるから不思議だ。疲れると山彦に出向いて濃い目のコーヒーで息抜きをする。そんな繰り返しの日が何日か続いた。そして今日も朝から書斎に篭り前日の続きの作業に取り組んでいた時だった、電話が鳴った。

「おはようございます。恵です」

爽やかな声が飛び込んできた。恵の声に気持ちが温《あたた》まった。不思議に部屋が明るくなるような気がする。「おはよう。朝から元気な声だね。何か急用でも…」「ママがおじさんに届けなさいって、これから出ます。十一時には着きます。いらっしゃいますよね」「何を届け…」用件を聞くまでもなく電話は一方的に切れた。恵にしては珍しいことだ。轟は画伯には個展で会ってはいるが夫人にはまだ会ったことがない。恵はママと言った。

何を届けてくれるのか皆目見当がつかない。

恵が自宅に訪ねてくるのは初めてである。轟家には週に三回お手伝いのおばさんが来てキッチン回りから部屋の掃除をしてもらっているので家の中は片付いている。

それでも初めての客を迎えるのだからと、自分史の作業は中断して恵の好きなケーキを買いに駅前まで行ったり、コーヒーの用意などに時間を取った。恵の訪問に気持ちが少し上ずっていたのか、危うくコーヒーカップを落としそうになった。

電話が鳴った。吉祥寺駅から道順を教えてほしいと言う。教えるより迎えに行ったほうが早い、山彦で待つように伝えて家を出た。

轟は山彦へ向かう途中、つい頬が緩むのを自分ながらおかしな気分になっていることに気づいた。足取りもいつもよりかは軽やかに足早になっていた。この一連の行動は今朝の電話一本からだ。轟にとってはまさに幸運の黄色い電話から赤い糸の通信に思えた。

山彦のドアを押すと同時に「やぁ」男の声がかかった。声の主を見ると関山がげじげじ眉を下げて手を上げた。轟も「やぁ」とだけ上の空で返した。

「おじさーん」客の何人かが恵の声に反応した。同時に入口に目を向けた。

奥の席から恵の聞き慣れた澄んだ声が飛んできた。恵の声に反応した関山も振り返って、おやっ、という顔つきで恵の顔をまじまじと見つめ、折り返し何かを探るような目つきで轟の顔色を窺った。

恵はブラウン系のチェック柄の七分パンツにアイボリーのドルマンスリーブユニットを組み合わせた、ちょっと大人っぽい服装で手をちょこっと上げた。

関山は二人を交互に見ながら「ママ、あの娘がいつかの噂の…」一年以上も前のことをしっかり覚えていたのだ。「関山さん、よそのことは詮索しないの」注意された関山は「へへっ」げじげじ眉を小さく上下させて初老特有の中途半端な笑いで注意されたことをごまかした。

轟は一目見ておやっと思った。何時もと違う恵に大人っぽさを感じた。轟は新鮮な気持ちで恵の前に座った。

「今日は何だか大人っぽいね」

「だっておじさんに会うんだもの、たまには大人っぽくお洒落《しゃれ》してもいいでしょう。

あまり子供っぽいと嫌われちゃうもの」

轟は恵の発言を真面に受けちゃいけないことは十分に分かっていながらも、嬉しいことも事実だった。その証拠に照れが表情に出ていた。

「娘さん、名前はなんていうの？」関山が椅子から身体を捩ってふり返り問いかけてきた。

「関山さん、そんな聞き方は失礼よ。当ちゃんがパチンコ屋で待っているんでしょう。早く行きなさいよ」ママが再び注意した。

「こりゃまた失礼しました」頭髪の薄い頭に手をやりながら四十年も前に流行った戯れ言葉を残して山彦を出た。

「お嬢さん、ごめんなさいね。あの人悪い人じゃないんだけど図々しいところが玉に瑕なのよ」

ママが関山の性格を代弁して謝った。

「うちのママがね、おじさん独身でしょう。たまには家庭料理も召し上がったほうがって、ちらし寿司と煮物を今朝作ったの、ママの料理おいしいわよ、召し上がってね」

恵はちょっと自慢げに二段の重箱の包みを持ち上げた。

「ありがとう、家庭料理なんてたまに帰国した時に、おふくろが作ってくれたのを食べて以来だからもう、何十年も味わったことがないなぁ。正直嬉しいね。お母さんにお礼を言っておいてね」

轟は御代家の好意に胸が熱くなった。瞼の裏に熱いものをじわっと感じた。それはあながち歳のせいだけじゃぁない。轟は忘れかけていた、ひと様の情が気持ちを揺さ振ったのだ。あたたかい揺さ振りを心にしっかりと感じていた。

「轟さん、本当に幸せね。それってあなたの人徳よね」会話が耳に入ったのか、山彦のママが恵にちらっと目を遣って声を掛けた。

「昼も近いことだし僕の家で食べようか」

轟は恵と初めて二人で食事することに気持ちが躍《おど》った。

「じゃぁ、わたしおさんどんしてあげるね」

恵を伴って自宅へ戻った。道路側から格子戸を開け母屋へ入るまでに二十メートルほどの距離がある。途中に置かれた石灯籠の上に頬白が二羽止まっていた。時折、チッチ、チッチと交互にさえずっている。

「あの鳥は番《つがい》で仲がいいんだよ。日に何回か来て休んでいるんだよ」

轟は二羽の頬白を指しながら、その二羽に恵との姿を重ねていた。その裏で詮なさが走った。

「いいなぁ、小鳥って自由で…」

恵は呟きながらチラッと轟の横顔を見た。

「広いんですね。ここに独り住まい？」

恵は庭の広さと母屋の広さに驚いた。

轟はひと亘り屋敷を案内した。築後五十年をすでに経過している床の間の掛け軸、大黒柱の歳月を経た黒光りする木目の艶、応接間の重厚なテーブルに椅子、それぞれに轟家の歴史を感じさせるほどの重みがある。

「お腹空いたね。お昼にしようか」

轟は先ほどの詮なさを吹っ切るように声に張りを入れた。

「じゃぁわたし用意しますね」

恵はそのつもりで花柄のエプロンを用意してきていた。まるで新妻のようで轟には眩しく見えた。轟は恵が用意してくれた食事で久しぶりに温かい家庭の味を堪能した。

「お母さんに一度、お目にかかってお礼を申し上げなくちゃあね。恵ちゃんから今日のお料理ほんとうにおいしかったとお礼を伝えておいてね」

轟はこの味が一般家庭の妻が作る味なんだ。俺には妻がいないから家庭の味は味わうことができない。これからもないだろう。またも詮無さと寂しさが雨垂れのように胸の中にポツンと落ちた。食器を洗っている恵の背中を見ながら、独り身の自分に寂しい風がまたしても吹き込んできた。寂しさを隠すようにコーヒーを淹れようか、恵に声を掛けた。

「わたし淹れます。待っててね」

まるで新妻のひと言だ。片付けを終えた恵が花柄のエプロンを畳みながら「おじさん、いま、自分史を作っているでしょう。古いアルバムなんか沢山あるんでしょう。わたし見たいわ」轟は恵を書斎へ案内した。恵はコーヒーを丸盆にのせ後に続いた。

「わぁ、すごい色んな資料があるのね。見てもいいですか」恵は古いアルバムや新聞、雑誌を手に取って興味深げにページを捲《めく》りながら「あら」とか「すてき」自分で言い、自分で納得し小さな笑みをつくっている。恵が二冊目のアルバムを捲っていた時「あら、これと同じ新聞の切抜き、家にもあるわ」驚きの声を一オクターブ上げた。

轟が恵の手元を覗き込むとモデル園吹まゆみがパリコレクションに出演した時の現地新聞の切抜きだ。これと同じ切抜きがあるの？　本当にこれと同じ切抜き。轟がそんなはずはないと怪訝な表情で問い返すと「間違いないわ、ママのアルバムにちゃんと貼ってあったわ」と言ったものの…。何故同じ切抜きがおじさんのアルバムにもあるのか、恵も不思議な思いで「どうしてここに」いつもの恵とは違う驚きの声音で問い返した。

轟は三十余年前の同じ切抜きが日本に、しかも二枚もあるはずはないと再び怪訝な思いが増幅しはじめた。どうしてだ？　が、幾重にも脳裏に積み重なった。反面で、まさか超一流モデルのまゆみが恵の母親か、それとも恵の母がまゆみと友人同士なのか？　謎めいた不思議な空気が二人の間に漂いはじめた。

「恵ちゃんこのモデルさんと親戚か何か？」

　轟は疑問詞をつけて聞いた。

「写真のこの人はわたしのママよ。わたしを生んでくれたママ、若い頃はモデルだったの、世界中のファッションショーに出演してたって、いろんなことを話してくれたわ」

　明解な回答が恵の口からさらっと返ってきた。

「えっ、じゃあ、旧姓は園吹まゆみさん…」

「そうよ。ママ当時は結構いけてたって時々自慢するの、でもおじさんどうしてママのこと知ってるの？」

　今度は恵が疑問符で返してきた。ぼくも恵ちゃんのお母さんを知ってるよ。話せば長くなるけどパリの空港でお母さんをヘルプしたことがあるので…。轟はまゆみとのパリでの出会いの記憶を辿りながら、新聞に東洋の美女と報道された記事を読み、ヘルプした美女の記事と写真を記念にと切抜きを大切に日記帳に納めていたのだ。今、記憶の彼方からあの時の別世界の艶やかな超美人園吹まゆみの容姿が鮮《あざ》やかに脳裏に蘇っていた。テレビで見た華やかなファッションショーの風景も一緒にだ。ランウェイを最高の笑顔で舞うように軽やかに演技する風景も一緒にだ。

「えっ本当、じゃあパリの空港とホテルでママが助けてもらった人って、おじさんのことだったの…時々懐かしそうに話してくれるの、わたし何回も聞かされたわ」

「パリか、懐かしいなぁ、もう三十年以上前にもなるなぁ、きれいなモデルさんで、ぼくなんか足元にも及ばない雲の上のような美人だったなぁ」

轟は当時の情景を思い出し、感慨深げに恵に語りかけた。話し終えた轟の表情は三十代の若い轟に戻っていた。

恵はこんな偶然ってあるのね。奇跡みたい。慈しむように切抜きに目を落とした。

奇跡みたいじゃあないよ、これは正に奇跡そのものだよね。三十数年前のパリの夜、恵ちゃんとぼくがこうして出会うことが決まっていたんだよ。運命だよ。これこそが神のみが知るってことだと思うね。轟は三十数年前、パリのホテルでまゆみが言った神さまの思召しは、いま現実となっているのだ。

恵は目を輝かせて切抜きを改めて見直し反射的に轟に驚きの目を向けた。

「ママがね、お婿さんにするんだったらパリで助けてもらった正義感の強い男性と同じような人を選びなさいってよく言うの、おじさんのことだったんだ。ママも見る目があるんだなぁ。やっぱりわたしのママだ。このことをママに話すと驚いて腰を抜かしちゃうかも…」

セピア色に変色した一枚の切抜きをはさんで轟と恵の間に親近感がさらに増幅した。

「お母さんが驚かれるかもしれないが、その前にぼくがびっくり仰天しちゃったよ。道理で恵ちゃんが美人で可愛いはずだ。お母さんに一度お会いしたいなぁ」

轟は切抜きを前に昔を懐かしむように目を少しとじて記憶の糸をさらに手繰り寄せた。

「ママも同じだと思うわ。是非、会ってあげて…」恵は、これまで轟の存在を両親に好意をもって話していただけに、より親密度を確信した。

轟は改めて恵にパリの出来事を思い出せる限り、詳しく話して聞かせた。但し、神さまのご加護の件は除外した。話しながらまゆみとパリでの一夜が鮮明に脳裏にフラッシュバックしてきた。話すうちに恵にまゆみの面影が重なり、パリのホテルで椅子を並べてスコッチウイスキーを口に運ぶ自分が幻想となってそこに在った。あの時に戻りたい。轟は本心でそう思った一瞬だった。

「ねえ、おじさん、どうぞ」恵はコーヒーのお代わりを持ってきた。恵のひと声で轟は幻想の世界から現実の世界に引き戻された。

「不思議ねぇ、おじさんと赤い色じゃあなくって何色かなあ、別の色の糸で繋がっていたなんて、ひょっとしてセピア色かも。もしおじさんとママがパリでの出会いが縁で結婚していたら、わたしはおじさんの娘になっていたかも…お父さんと呼んじゃおうかな」

「それは駄目だよ。恵ちゃんには立派なお父さんがおられるんだから」

恵の発想に轟はうれしいような照れのような、これまで経験したことのない変な気持ちを味わっていた。それだけに恵に「いいとも、いけないとも」返す言葉が見つからない。よしんば見つかったとしても、いいともとは言えないだろう。

「それでも恵ちゃんは、今のお父さんとお母さんから愛情を受けているのだから、しっかりと親孝行をしなさいよ」

轟は自分が何を思って声をかけているのか少し的が外れていることに気付かなかった。それだけ恵の発想に動揺していたのだ。

「でもよかった。ママとおじさんの出会いがあったから、今では親戚のような楽しいお付き合いができるようになって、わたし本当にうれしい」恵は満面の笑顔を轟に向けた。

轟はセピア色した切抜きを改めて見直し、当時に思いをふくらましながら、そして今日の偶然を自分史の一頁にしっかりと埋め込んでおこうと決めた。それにしても自分史が完成するまでには、あと一年以上は掛かりそうな気がする。その頃、恵はどうしているだろうか、思うと寂しさが胸中を突風のように突き抜けた。

十　バブル期を回想

恵は午後六時の時報と同時に帰って行った。轟は寂しさが尾を引いて気持ちが電車の轟音のあとを追い掛けていた。轟は吉祥寺駅まで送り山彦に寄って濃い目のコーヒーで一日を締め括った。腕時計に目を落とすと午後七時を指している。久しぶりに恋の欠片へ寄ってみるか、呟いて山彦を出た。週末の吉祥寺は若者を中心に活気に溢れている。時間が早いせいかバー恋の欠片にはアルバイトの女子大生の七枝ちゃんやさっちゃんは出勤しておらず、ママだけが所在無げにカラオケの画面を見ている。あとはいつもの初老軍団三人が顔をそろえているだけだ。

「やぁ」轟はひと声掛けて彼らとは三つ席を隔てて腰を下ろした。三人寄れば文殊の知恵と言うが、軍団三人は浅い知恵の噂話を肴に酒量を上げているようだ。「轟さん最近お盛んなようで…」げじげじ眉の関山がささくれ立った小指を立てた。小指を仕舞いながら軍団の二人に目を向け、にやっと笑った。釣られるように野辺と当野も轟の方に顔を向け、轟の反応を待つ仕草を見せた。どうやら三人は恵のことを指しているのだろう。轟は不快な気持ちの中で来るんじゃあなかったと後悔した。

恵の清楚なイメージを初老男子の卑猥な妄想で穢してもらいたくはない。小さな怒りが込み上げてきた。轟の怒りを知ってか知らずか追い打ちをかけるように「轟ちゃんどこまでいった。ＡＢＣのうちのさ…Ａ、それともＣまで」げじげじ眉がキャバクラか風俗の店で覚えてきたのだろう物知り顔で卑猥な用語を投げてきた。轟のグラスを持つ手が小刻みに震えた。グラスを叩きつけてやりたい衝動が脳を突き上げた。その三人組の投げてきた卑猥語で轟の表情が歪んだ。ママは轟の表情が変化したのを見逃さなかった。

「あなたたちいい加減にしなさいよ」

ママも眉根を下げ不快な表情で口調もきつく三人を禁た。そんなことで引っ込む三人ではない。三人は轟の表情が変化したことなど気づかないのか、当野が轟の顔色を窺《うかが》うように「何処でナンパしたの、うまくやったじゃないのよ」

関山の喋りに乗せられたのか当野が薄ら笑う表情を浮かべ、軽い調子で割り込んできた。もの知りで三人の中では学のありそうな野辺までもが「おれたちゃあ歳を取るとさ物欲よりもさ、こっちの方に未練があってさ」好色そうな表情で小指を立てて、その小指をにゅうっとママの顔面に突き出した。その素振りは初老特有の歪んだ性欲に、人生最期の賭けをしているようにも見えた。

「その指何の真似よ」ママは言うなり右手で張り倒すように払い除けた。黙って三人の話を聞いていた轟が口を開いた。「次元の低い話には応えられないよ、次元の低い頭で想像されるといいでしょう」精一杯の皮肉を込めて返答した。低俗な考えしかもてない人間には次元が低いと言ってもさほどこたえないだろうとも思った。

「轟さん、俺たちゃぁもう歳だよ。楽しみはこれしかないよ」野辺がまたも小指を立ててにやけた笑いをつくった。その口元は気のせいか、卑猥に歪んでいるように見えた。

三人とも轟と恵の仲の良さに嫉妬にも似た感情を抱いているのだろう。店内のBGMだけが客の会話など無関係とばかりに鳴り続いている。

時間が早いせいか恋の欠片には関山たち三人と轟、ママの五人が三つのグループを成しているだけだ。三人の俗っぽい話のせいか周囲の空気が淀んでいる。輪を掛けたように関山がタバコに火を点けては消し、また点ける。相当のヘビースモーカーだ。店内の湿った空気にタバコの紫煙が溶け込んで淀みを濃密にしている。

「少し吸いすぎじゃあないの」ママは関山が吐き出した紫煙が顔にかかるのを眉を曇らせて手で払いながら注意した。

注意された本人は「これも楽しみのひとつさ、そう堅いことは言いなさんなぁ」黄ばみかけた前歯を剝き出してカツカツと変な笑い方をした。

時計の針が八時を指した時、ドアが開いた。軍団三人が首をドアに向けた。「おはよう」アルバイトの女子大生、七枝ちゃんが出勤してきた。

轟はふっと清楚な恵の笑顔を思い出した。先ほどの気まずい雰囲気の中で少し心が和んだ。途端に会いたい衝動が脳裏を突っ走った。腕時計に目を落とした。もう八時を指している。胸ポケットの携帯電話に手を掛けた。手が止まった。番号を押すことを六十一の年齢が躊躇させた。

「何処かへ電話を、お店のを使えば」轟の仕草を目敏く見つけたママがカウンターの端のピンク電話を指した。「いや何でもない」胸ポケットから手を放した。

「例の彼女じゃあないの」げじげじ眉も轟の仕草を見ていたのだ。轟の表情を窺うように、そしてささくれ立った太い小指をまたも立てた。あとの二人も顔を向けてきた。

「ママ勘定を」轟は三人を無視して席を立った。

「あんたたちがつまらん詮索をするから轟さん怒って帰ちゃったじゃないの」

ママは上客に帰られたものだから、いささかムッとした表情を三人に向けきつく釘をさした。そんなことにめげる三人ではない。そのあとも、あの彼女はどうの、こうのと、三人三様が脳内に次元の低い卑猥な妄想を描きながら、それぞれが口に出しては想像を掻き立てている。三人の卑猥な言動にママも腹に据えかねたのか「もうお開きにしたら」きつい口調で暗に帰るように仕向けた。

「叱られたから河岸を変えるか」野辺が二人の顔に、にやけた笑いを交えて声を掛けた。

「そうすべえか」げじげじ眉がどこかの訛言葉のあと、水割りの残りを一気に口に放り込んだ。薄まったウイスキーの味が胃の中でもやった。ゲボッとむせたと同時に腰を上げた。

ママに気を寄せる当野だけが去り難いのか二人に同調する気配が無い。腰をスッールから半分浮かせグラスを握っている。あわよくばそのまま腰をストンと落とす腹積もりだ。

「当ちゃんも一緒に行きなさいよ。仲良し三人組でしょう」

ママに仲良し三人組でしょう、と決め付けられたら当野も寄りつく島がない。

その時、たまに顔を見せるサラリーマン二人が入ってきたのを潮に「じゃあ行くか」当野は浮かない表情で渋々二人に同調するしかない。さらに当野は、腹立たし気に今夜は割り勘だぞと声を荒げた。

その当野には思惑があった。よしんば二人が帰ったあとママと二人になれるチャンスを狙っていたのだ。それが意に反して、当のママから追い立てられたのだから泣きっ面に蜂だ。居座ることもできず羽を折られた鳥にも似て肩を落として店をあとにした。

三人が去ったあとの店内はタバコの紫煙を十分に吸い込んだ独特の空気が淀んでい

るだけだ。サラリーマンはタバコの匂いなど意に介さず、早速マイクを握った。

「ちょっと言いすぎたかな…」ママは三人の去ったあとの店内を見回し、独り身の寂しさをじわっと感じた。

恋の欠片も今年で開店以来三十五年になる。足元の絨毯、ボトルキープの棚、壁、カウンター、それぞれに付いた染みがスナック恋の欠片の歴史を物語っている。ママはカウンターに両肘をつき「わたしも歳かなぁ…」若い時のような動きができない自分に苛立ちを少し覚えていた。サラリーマンは慣れた手つきでカラオケマシンを操作、楽しんでいる。

ママは目尻に指を当てると何条かの皺が指腹で分かる。次に手の甲に目を遣ると小さなシミが二つも現われている。孤独感が得体の知れない魔球のようにどこからか追ってくる。それは「もう引き時よ」と引退を告げているようでもある。

ママは二十五歳の時、スナックバー恋の欠片を開店した。華やかだった当時の思い出が走馬燈のように脳裏を巡る。そして今年二月に三十五周年を祝ったばかりだ。

当時からの客も半数近くが天に召されていった。その内の何人かはママの身体を通り過ぎていったよ、当時を知る七十年輩の常連客がぼそっと喋っていた。そのあと、同じ客は何かを追う目付きで遠い昔のことさと付け加えた。あれから一年が過ぎた。その客もぱったりと来なくなった。

若い頃のママは武蔵野小町と評されるほどの美人でママを目当てに開店当時は老若問わず男たちが列を成していたよと、当時から恋の欠片の隣で小料理屋を営む老いた女将が話していた。

ママに当時の面影はまだ残っているが、三十五年の歳月が重いこともママの人生を如実に物語っている。美人であったのは、過去形になるほど歳月の移り変わりは酷でもある。

それは轟にも言えることだ。

ママは空気の淀んだ空間から目を戻すと脳裏にバブル絶頂期の華やかな情景がみえた。幻想だろうか。十人ほど座われるカウンターには見覚えのある顔がずらりと揃っている。カウンターの中にはアルバイトの女子大生が三人も居た。ビールを注いだり、水割りをつくったり忙しく動いていた。札束が飛び交ったと言えば大袈裟になるが、そう表現したくなるほど深夜まで賑わった。今ではそれも過去の物語でしかない有様だ。思いを巡らすうちに、当時、流行った屋台演歌、人生十人十色が脳裏を占拠した。郷愁と懐かしさが映像となって蘇ってきた。

人生十人十色

一　人生さまざま　十人十色

西へ帰るか　東へ行くか
日暮れ路地裏　屋台が並ぶ
におう焼きとり　うちわの音に
知らぬ同士が　肩すり寄せて
あけるコップ　うき世の酒で
人生たのしく　生きようよ

二
人生街道　十人十色
夜の舞台は　おやじがスター
ネオンちらつく　裏街通り
絹という名の　小さなバーで
演歌うたって　情けに泣けば
帰りたいなあ　おふくろの里
人生たのしく　生きようよ

三
人生コツコツ　十人十色
惚れた同士も　金婚間近か

夜風にゆれる　旗カンバンの
夫婦《めおと》ラーメン　絵文字がおどる
酔った千鳥も　ゆらゆらゆれて
七つころんで　八つで起きて
人生たのしく　生きようよ

カウンター裏の厨房《ちゅうぼう》に置かれた小型製氷機からガラガラと氷の落ちる音でママは我にかえった。瞬時、華やかなりしバブル経済の頃を思い出していた。初老三人組も若かった。あの三人もそれほど古い常連だ。

泡が散るようにバブル景気は弾け、誰もの財布がしぼんでいった。足繁く通ってきていた客も潮が引くように減っていった。アルバイトの女子大生の一人は客と大恋愛の末に結婚した。今は幸せだろうか、カウンターに並ぶ昔の常連客の顔が現われては消えていった。

思いに耽って三十分が過ぎただろう。現実と幻の狭間から店内は元の淀んだ空気に戻っていた。

ドアが開いた。外の騒音と一緒に轟が顔を覗かせた。

「さっき勘定払わないで帰ってごめん」

謝り、支払いを済ませ再び酔客で賑わう飲食街の騒音の中へ紛れて行った。

午後十時を回った吉祥寺は若者やサラリーマンで溢れて昼間と変わらぬ人出と賑わいと雑踏である。轟は行きつけの本屋から出たところで三人組が目の端に入った。

キャバクラから初老三人組が若いキャバクラ嬢に送られて出てきたところだ。当野の顔も恋の欠片を出る時の暗い表情はどこへやら、キャバクラ嬢の手を取り何やら耳元で囁いている。

「当ちゃん早く…」五メートルほど先から関山が急かせている。どうやらこれから梯子酒をするらしい。

「当ちゃん置いて行くぞ」今度は野辺が早くという仕草で手招きを早めている。轟は顔を合わせないようにタバコの自動販売機の陰に立った。

とり屋の軒先の赤ちょうちんが小さな突風を受けて揺れる。やきとりの香ばしい匂いが鼻をついた。腹の虫がぐーっと小さく暴れた。

「ちょっとごめんなさい」女性のハスキーな声が背後でした。ふり返ると、赤い派手なドレス姿の女性が自動販売機の横に立った。きつい香水の匂いが辺りに漂った。関山がちらっと、こっちを見たが女性に目がいったのか轟の存在には気付かなかったようだ。タバコを買ったドレスの女性がちょこっと頭を下げて立ち去った。香水のきつい匂いだけが辺りに残った。目を三人に戻すとすでに姿を消していた。「さてどうするか」胸の内で呟き周囲を見回した。幾つものネオンが輝き行き先を迷わせた。「今夜は帰るか」胸の内で二度目の呟きを出し井之頭通りへ足を向けた。頭上のガードを京王井の頭線の電車が轟音を撒き散して通過した。

十一　二つ目のパリの想い出

「轟さん」呼ばれたような気がしたが、轟音に掻き消されて空耳かと思った。電車が通り過ぎたあと、「轟さん」今度は背後からはっきりと聞えてきた。

ふり返ると和服姿の四十代の女性が小さな笑みで立っている。顔が合った女性は和服の似合うやさしい物腰でお辞儀《じぎ》をした。轟も釣られるようにお辞儀を返した。しかし誰であるか思い出せない。

「お久しぶりです。お忘れになりました？」

にこやかな笑顔で問いかけてきた。

轟は女性の表情を透かし見るように「どちらさまで」声を返したが、記憶にない容姿に惑いが立った。そのあと、もう一度、声をかけ、女性の表情に目を移した。

「東京物産を轟さんが定年退職される時に手続きのお手伝いをさせてもらいました、南山千代です。長い海外生活ご苦労さまでした」

轟は女性が発した定年退職の文言で思い出した。

「ああ、あの時の…大変お世話になりました。会社ではスーツを着用されていたのでつい失念して失礼しました」

轟は南山千代が東京物産のユニフォームに身を包んでいた姿が脳裏に戻った。

「で、今夜は何処かへお出掛けだったのですか…」咄嗟のことで言葉がみつからない、その場の雰囲気を口にした。

「ええ、お茶会へ…」その後の会話を電車の轟音が遮った。しばらく会話は中断した。

千代は品の良い仕草で所用を明かした。

「和服が良くお似合いですね」

轟は親しい間柄ではなかったので、話題を探す時間稼ぎに今度は容姿を褒めるしかなかった。

「立ち話も何ですから喫茶店へでも」山彦へ誘った。

南山千代は杉並区の南善福寺に七十を過ぎた両親と同居しているという。父親は趣味で始めた俳句づくりが高じて、今ではプロ並みと評され、週三回地域センターで俳句同好会の会員に指導しているなど、家族の近況を語った。

轟にはさほど興味のある話題ではなかった。むしろ南山千代が何故、声を掛けてきたのか、その方が気になった。

山彦の店内には一人の客を含めて三組のカップルが雑談に花を咲かせているが時折、轟と千代を覗き見する客もいる。轟のジーンズ姿に対して上品でしっとりした和服美人の千代、この組合せはどう見ても違和感がある。

山彦のママも二人を横目に見て誰にともなく頭を傾げる仕草を見せる。

それほどまでに誰の目にも妙な組合せに見えた。

轟さんは年の差のある恵ちゃんには物足りず、ひょっとして人妻と不倫しているのでは…山彦のママでさえ、そこまで勘操《かんぐ》りたくなるほどの風景である。

通りからガラス越しに初老三人組が通り過ぎた。野辺がちらっと店内を見た。轟は気付かなかったがママの目の端に野辺が店内を見る姿がはっきりと入っていた。普段の三人組なら「何かあるな」と飛び込んでくるはずだ。三人組は来なかった。

野辺はしっかりと轟と千代を目撃していたが、今夜はどうしたことか素通りした。

三人は新情報とばかりに恋の欠片に駆け込んだのだ。

「ママちょっと…」客の手前もあってかママの耳元に両手をメガホンに轟が新しい女と逢引きしていたと御注進に及んでいた。

「野辺さん好い加減に人様の詮索をするのは止めなさいよ、みっともないわよ、好い歳なんだから」

きつい口調でたしなめた。詮索の輪に入ってくれるとばかり思っていたママから叱られた野辺は「ハイハイ分かりました」ふて腐れた態度で「また、来らあ、おい行こう」荒っぽい捨て台詞を残して店を出た。関山も当野もばつが悪そうな顔で野辺の後を追うように出て行った。三人の先頭の野辺が開けた入口のドアへタバコと酒の匂で淀んだ空気が少し抜けたが、入れ替りに外の騒音が流れ込んできた。

一方、轟は千代と取り留めの無い話で一時間ばかり時間を過ごして別れた。

南山千代と出会った夜から十日が過ぎた。轟はほとんど毎日、自分史の編纂に掛かり切りだった。一日のうち午前と午後の一時間ばかり山彦へ出向きフレンチトースト、野菜サラダ、濃い目のコーヒーで寛いだ。目と頭を休めるのに丁度よい時間帯である。

今日も午前の部と決めている時間帯に山彦へ出向き、コーヒーの香りで脳を休めながらガラス越しに人の流れを眺めていると「おや」恵と年格好の似た女子の後ろ姿が目に入った。そういえば十日も連絡がない。どうしているのか、少しどころか大いに気になっていた。こちらから電話をするのは、気持ちの上で憚られた。その時、思いが通じたのか、恵似の女子が視界から消えた途端に携帯電話が鳴った。

液晶に「ＭＥＧＵＭＩ」の表示が出た。この瞬間から恵似の女性の存在は脳裏から即、消えた。

「おじさん、お元気ですか？　お久しぶりです。今日午後から伺ってもいいですか？」

「ぼくの方はいいけど、何か用でも？」

「おじさんが自分史を作っているってママに話したら、珍しい物がもう一つあるから届けなさいって」

「珍しい物って何？」

「それはね、行ってからのお楽しみに、二時前には山彦へ着きます。それとね、わたしが焼いたクッキーを持っていきます。じゃああとでね」

恵は明るい声でそれだけ言うとさっさと電話を切った。それでもどこか轟だけに分かる甘えた感情が伝わってきた。何時もの恵の仕草に小さなほっこりする苦笑いがもれた。

「ママ勘定を」轟の性急な声に「急にどうしたの…」あっ、そうか、ママは轟の柔和な表情を見て、恵ちゃんからだと直感した。「三時頃にもう一度来ます」

轟は、じゃぁあとで、軽い口調で山彦を出た。心なしか足取りが軽くなっていた。

轟は吉祥寺で有名な洋菓子店で女性に人気のケーキを求めた。

「あら…、轟さんじゃあないの」

洋菓子店を出た所で恋の欠片のママと鉢合せした。駅前通りは午過ぎの時間帯のせいか人通りが多い。雑踏の中で擦れ違いざま「あら…」女性の掛け声が聞こえた。すし屋の若女将が二人にウィンクを送って胸の前で手を小さく振って通り過ぎた。轟は若女将の行為に気付かなかった。ママは若女将を見返ったあと、「聞いたわよ、この前、山彦で綺麗なご婦人と会っていたんですって、野辺さんたち羨ましがっていたわよ」声のトーンを下げて耳元で囁いた。

「やはり見られていたんですね。目敏い人達ですね。放っておいてくれればよいものを」

「あの人たち女友だちが居ないものだから寂しいのよ」

「羨ましがられるような間柄ではありませんよ」

誤解されないように南山千代との経緯を話しながら二人は肩を並べて吉祥寺駅方面に歩いていた。この様子をママに想いを寄せている当野が見たらどう思うだろう。当野を思い出した途端に、二カ月前関山から当野とママの仲を取り持ってくれと頼まれたことが甦ってきた。おかしさがこみ上げ自然に頬がゆるんだ。

「どうしたの急に、にやついちゃって」

ママが轟の横顔を見上げて問い掛けた。

轟は関山から頼まれた件を話した。ママの顔が少し曇った。

「ママはどうなの当野さんのこと？」

「そのことで…」

ママは何時の間にか轟の右腕に自分の左腕を絡ませていた。

「わたし当野さん好きじゃあないのよ。下から人を見るような目付きが嫌なの、気持ちのいいものじゃあないの、轟さんならＯＫよ」

ママは淀んだ口調で轟の顔を見上げた。気のせいかママの目が潤んだように見えた。これが六十を間近にした女の最期の想いだろうか。轟はママの横顔にちらっと目を遣って、ママの年齢に自分を重ねた。気持ちに重石がのし掛かったような気持ちになった。

「ぼくはおじいちゃん、ママは若いからこれからもまだまだいい出会いがありますよ」

ママに言葉を掛ける裏で恵の顔が脳裏に出現した。あと二時間もすれば恵と会えると思うと、ママとの会話が疎ましくなってきた。そう思った瞬間、さっきの重石が軽石に変わった。

「ちょっと寄る所があるので…」

轟は所用は無かったが恵を思い出した途端に独りになりたくなった。恵への義理立てか、それとも絡まれている腕を解きたかったのか、どちらも轟の気持ちの中に生まれていた。ちょっとあそこへ、目の前の書店を指した。

「じゃあ今夜にでも寄ってね」

恋の欠片のママは何事も無かったようにスタスタと駅の構内に入って行った。轟は入った書店内を見渡すが数人の客が居るだけだ。腕時計に目を落とすと二時の十分前を指している。書店の中を一回りして山彦へ急いだ。恵はまだ着いていなかった。

恵の言っていた自分史に関係のある珍しい物って何だろう。幾ら思案しても思い当たる節は無い。

「轟さん、この前、関山さんが来て言ってたわよ、きれいな中年の女性と一緒だったみたいね」

買い物の途中に立ち寄ったのだろう、すし屋の若女将までもが誰に聞いたのか南山千代のことを指している。

「二股掛けちゃあ駄目よ。そんなことしたら、若いお嬢さんに申し訳が立たないわよ」

若女将も当野や関山の口車にのせられているのだろう。若女将の話しぶりからすると、関山たちがかなり誇張して吹聴してたのだろう。轟は若女将たちの話にのって言い分けがましく弁解するのも億劫だ。

「何でもないですよ」それで口を噤んだ。それにしても、あの初老三人組の詮索好きと口の軽さは半端じゃあ無い。多分、関山はげじげじ眉をピクピクさせタバコのヤニで黄ばんだ歯を剥き出し口角、泡を飛ばして喋りまくったのだろう。あれじゃあ女友だちはできないはずだ。そんなことを考えているうちに、

「こんにちは」ドアが開くと同時に恵の明るい声が飛び込んできた。続いて「おじさんこんにちは」今度は轟だけに挨拶した。

恵の声に店内の客の目が一斉に向いた。

「ママ、アイスコーヒーください…」

注文するなり轟の前にすとんと腰を下ろした。反動で恵のロングヘアーからリンスの香りだろうか、爽やかな空気が轟の身のまわりに散った。今日の恵は軽やかな服装でまるで十代の少女のようだ。

恵ちゃん、今日は何だか嬉しそうね。ママはアイスコーヒーを置きながら声をかけた。

恵は、だっておじさんに会いに来たんだもんとさらっと言ってコーヒーを一口、ストローで飲むなり「ハイこれ…」

可愛い包装紙の包みを目の前に差し出した。電話で言っていた手づくりクッキーだと一目で分かった。何十年も女性からの贈り物など貰ったことのない轟は還暦を過ぎた胸にうれしさが広がった。ましてや恵と知り合ってから青春を取り戻した気分の中で、恵の存在は日々、膨らみ続けていた。

「わたしのクッキー紅茶に合うのよ。紅茶三つください、ママさんもどうぞ」

「わたしもご相伴していいの」ママは小皿を三枚、テーブルに置いた。

「じゃあ開けるよ」轟は照れる気持ちを抑えて包装紙を開けた。

中から大きなハート型のクッキーが顔を出した。

「それはわたしの大好きなおじさんに、おじさんだけよ」恵は殊更、大好きな…を強調した。

「あらあら、ごちそうさま、轟さんはもてるのねぇ、何か妬けちゃうなぁ」

ママが轟を軽く睨む仕草を見せた。

轟は歳甲斐も無く愛の告白をされたような錯覚を覚えた。それでも恵の戯言と一蹴する気にはなれない自分に何か後めたさを感じたのも事実である。やはり歳の差だろうか、轟の複雑な想いを知ってか知らずか「紅茶によく合うでしょう」恵は二つ目を差し出した。

「美味しいね、ほんと紅茶によく合うわね」

ママが轟に代わって美味しさを伝えた。

今、轟の頭の中には美味しいどころではない、還暦の文字と恵の文字が止めどなく回転し続けている。それは二つの文字が回転する狭間で轟の恵に対する心情が大きく揺れ動いていたからだ。

「おじさん急に黙って美味しくないの…」

恵は轟に目を向けた。その声が微妙に細っていた。

「とっても美味しいよ、舌と心で味わっていたんだよ」何とも取って付けたようなおかしな表現に気持の動揺が表われていた。

「心で味わうなんて大袈裟よ。ねぇ、ママ」

轟のおかしく滑稽な返答に救われたのか表情も普段の恵に戻っていた。そして恵が轟を揶揄するように「クックッ」と口元で笑った。轟は恵の二つの仕草が何とも可愛いと思った。

「心ってのは恵ちゃんの誠意に対してだよ」

「それならうれしいわ」恵は無邪気に素直によろこんだ。

「あら珍しい、電車の音がはっきり聞こえるわ」ママが何かを発見したような言い方をした。

「今朝まで降っていた雨でスモッグが洗われたせいじゃあないのかな」轟も平静な気持ちに戻っていた。

「恵ちゃん、ところで珍しい物って？」

「あら本題をすっかり忘れちゃって、ごめんなさい。これです」

恵はバッグから白い角封筒を取り出した。まるでラブレターでも入っていそうな雰囲気の封筒だ。

「ありがとう」轟は内容が分からないだけに複雑な気持ちで恵に目を遣った。

「おじさんへって、ママからのラブレターかもね。おじさんうれしい？」

恵は封筒を渡しながらも轟を揶揄する仕草をみせた。「それはうれしいよ。ラブレターなんてもらったことないもの」

「じゃあわたしも本気でおじさんにラブレター書いちゃおうかな」恵は轟の顔を見詰め真顔で言ってのけた。封筒から出たカードを見て「あっ、これは」轟は絶句した。

轟の驚きの声に「何なの」山彦のママが轟の手元を覗き込んだ。

カードは忘れもしない、三十数年前にパリのホテルでドン・ファンから恵の母まゆみを助けた時に、ホテルのあの老バーテンダーから手渡されたカードだ。ポリスを呼びましょうかと日本語で書かれたカードだった。

「ママがずっーと肌身離さずお守りにしてたんですって。ひょっとしたら、ママは、おじさんに好意を…ね」

恵は轟の目の前でカードをヒラヒラさせ、いたずらっぽい仕草をみせた。

轟はまゆみをドン・ファンから助けたことは恵に話したが、このカードのことは話していなかった。カードにまつわる経緯を今一度山彦のママと恵に聞かせた。

「轟さんって凄い人なのね。見直しちゃったわ。それにしても恵ちゃんのお母さんも大したものね。三十何年も前のものを大切にお守りにしてるなんて…えらいわ。ロマンチックなカード、まるでオールドシネマのストーリーの一部分の物語のようね。素敵だわ」

山彦のママが感嘆の声をもらした。この前はパリでのセピア色した新聞の切抜き、そして今度はホテルの老バーテンダーから渡されたカード、三十数年を経て再会するとは不思議な縁を轟は強烈に感じた。

「ママね、そのお守りのお陰であれからずっーとトラブルにも合わず順調だったって、おじさんの自分史にこのカードのいきさつも是非加えてくださいって」

轟の頭の中にあの一夜のことが鮮明にフラッシュバックしてきた。

あの時の老バーテンダーが元気ならもう百歳近いんだろう。もう一組ドン・ファンは今ごろ何をしているのだろうか、相変わらずスケコマシをしているのか、それとも前科を悔いて真面目に働いているのだろうか、それならいいのだが、思い出しながら、なんだか懐かしさが先に立っていた。

「じゃあ今度はぼくも恵ちゃんに珍しい物を見せてあげよう」

轟は財布からジッパーのついたナイロン袋を取り出した。袋から一枚の名刺を取り出し恵に渡した。

「あっ、これはママの旧姓じゃあないの、ママのモデル時代の名刺よね。あら個人の電話番号も書いてある。ママもなかなかやるもんね…」

恵は茶目っ気な表情で轟の顔を覗き込んだ。恵が見せた別の可愛い表情だ。

名刺は茶色がかっているが、まぎれもなくパリのシャルド・ド・ゴール空港でまゆみが轟に手渡した名刺に間違いない。

「おじさんもママもすごいわ」

恵は二枚のカードを前に轟と母の運命めいた繋がりを気持ちの中でしっかりと感じ取っていた。

「おじさん、自分史の中にママの名刺のことも書いてあげてね。ついでに、わたしのことも一行でいいから書いてほしいなぁ」

「勿論だとも。恵ちゃんのことも、お父様のこともね」

轟は三十数年を経てきたホテルのバーテンダーが渡してくれたカードとまゆみ自身の名刺を手に、これこそが神の思し召しと思った。

名刺を前に山彦のママが「恵ちゃんのお母さんは有名なモデルさんだったのよね」

「有名なモデルも今は過去形ですよ。もう六十歳のおばあちゃんよ…」

「わたしの若い頃のファッション雑誌によく載っていたわよ。ほんとにきれいなモデルさんだったわ。東洋の美女といわれ、超人気だったのよ」

山彦のママは自分の若かった頃を思い出すように、話す言葉に少し花が咲いていた。

その時、

「うっ」轟が突然小さな呻き声を漏らした。胸に痛みが走った。

ママと恵はその動作に気付かなかった。それはほんの一瞬のことだった。轟自身も痛みは瞬時だったから顔に痛みの表情は出なかった。ただ二カ月ほど前から、いまのような小さな痛みが走るので気にはしていたのだ。気にはしながらも自分史の編纂に力を入れすぎ毎夜遅くまで取り掛かっていたせいだと、痛みを自分史のせいにしていた。今日の痛みはすぐに治まったものの前の痛みよりかは少しひどいような気がした。念のため明日、病院に行ってみるか、これまで考えてもみなかったことを考えるようになっていた。これも歳のせいか少々気弱になっていた。

轟と恵、ママの三人が古いパリの匂いを伝えるカードを巡って、轟が語る過去の出会いと、出来事を聞き入っているところへ中年男二人が入ってきた。

十二　関山啓二が刑事に？

一人は薄い茶色のサングラスを掛けた肥満体、片方は眉毛が薄く細い凹んだ目の顔相で二人ともひと癖もふた癖もありそうな正業をもたない人種に見えた。

ママが注文を取りに席を立った。

二人は向かい合って席に腰を下ろすなり「一億円なんてちょろいもんだぜ、そうだろう兄弟、次は三億位やろうぜ、太く短くって言うが、それが儂のやり方よ。兄弟も同じだろうよ」兄貴分と思しきサングラス男が細眉男に勝ち誇ったように喋っている。

二人が小声で交す会話が轟の耳に入ってきた。悪の相談が終わったのか、今度は五億円の金がどうのと人相に似合わない金額を口に出しては時々、額を寄せ合いクックッと、くぐもった品の無い笑いの中で、互いに親指を立て勝ち誇ったような仕草をつくっている。

「ママさんタバコねえか」ぞんざいな言葉を投げた。

「うちは全席禁煙です。タバコは置いていません」この言葉に二人の態度が急変した。

「つべこべ言わずに無いのなら買ってこいよ、ほれ金だ」サングラス男が一万円札を投げた。

あまりにも無謀な振舞いに轟が怒った。

「きみたち、ほどほどにしないと…」

そこまで言った時「じいさんは余計な口出しはするな」細眉男が凹んだ目をギョロつかせて声を荒げた。どうみてもチンピラの言動だ。

「タバコが吸えねえなら、じいさんの連れか、べっぴんさんよ、こっちへ来てお話ししようぜ、小遣いならたっぷりはずんでやるからよぉ」

ぞんざいな言葉で今度は恵に鉾先《ほこさき》を向けてきた。

「お客さん、ここはキャバクラじゃありませんから、お勘定はいらないからさっさと帰ってください」

ママは語気も荒く退席することを突きつけた。

「なんだと。それが客に対して言うことか」

サングラス男が逆ギレしたのか、テーブルを強く叩いて立ち上がった。

「お客さんが理不尽なことを言うからよ」

ママの怒りも頂点に達した。その時、ドアが開いて若いカップルが入ろうとしたが、店内の雰囲気に気付いたのか、「また」、一言残してドアを閉めて立ち去った。

「じいさん、俺たち理不尽なこと言ってねえよな、そうだろう」二人は恐いもんなしと言わんばかりの態度で悪態の吐き放題だ。

「お客さん、どうでもいいけど、こちらの方を誰だか分かってじいさん呼ばわりしているの」

ママのきつい言い方に二人は顔を見合わせ表情が強張《こわば》った。明らかに動揺の色をみせ、急に落着きが無くなった。

「紹介してあげようか、こちらケイシジョに…」

そこまで言った時には二人は完全に浮《う》き足立《あしだ》っていた。その時、一人の男がのそっと入ってきた。運が良いのか悪いのか、げじげじ眉の関山だ。

「あら、けいじさん久しぶり、忙しかったの？」

ママが珍しく関山の下の名を呼んだ。二人の男は脛《すね》にキズをもっているらしい、完全に浮き足立った。啓二を刑事に聞き間違えていた。漢字で書かなければ発音が同じだから間違って当たり前だ。ましてげじげじ眉が大いに役立った。顔相は刑事に見えなくもない。二人の男は気持ちの上で完全に窮地に追い詰められていた。一刻も早くこの場から離れたい気持ちが素振りで見え見えだ。

「すみません、お勘定してください」

細眉男が入ってきたときの虚勢《きょせい》はどこへやら、女々しい細い声でセカンドバッグからブランド物の財布を取り出した。胡散臭い金だろう一万円札が束になって入っている。

「来店されてまだ十分も経っていませんよ、ゆっくりされたら…」

お灸をすえるつもりでママが意地悪と同時に追い打ちをかけるように、「啓二さんこちらへ」ママが関山に男の側の席を指した。

「啓ちゃんしょ（署・所）へ寄ってきたの」ママがまたも追い討ちをかけるような発言をした。男たちは完全に追い詰められた様子で顔面が引き攣ったまま蒼白である。

ママが発言したケイシジョを警視庁と聞き間違えたのだ。そこへ関山の啓二を刑事だ。言葉の上では繋がった。二人にしたら失禁してもおかしくないほどの切迫した状況だ。

　轟は細眉男と肥満のサングラス男二人が惨めなほど萎縮しているのを見て「ママ、早く勘定してあげなさいよ」声を掛けた。

「お客さん、お勘定ちょっと待っててね。啓二さん電話はいいの、さっき二課の当野さんから来ていないかって電話があったのよ」ママはここぞとばかりに追い打ちをかけ、言い終わると恵を見てウィンクした。そして表情は晴れやかにレジへ向かった。

　轟の呼び掛けで少しは安堵《あんど》したのか「先ほどは失礼しました」轟に二人は深々と頭を下げたが言葉がどもっていた。

　おそらく顔に似合わず心臓は相当、高鳴っていただろう。二人が声をそろえて謝ったが、その声は細って震えが交じっていた。這々の体で勘定を済ませ再び轟の席へ頭を下げて前屈みのしょぼくれた姿で出ていった。

「どうしたの珍しく俺の下の名前を呼ぶなんて」関山は満更でもなさそうな顔でママに問いかけた。

「ちょっと呼んでみたかったのよ…」

　ママの言い方に関山は何を勘違いしたのか、エッへへとげじげじ眉を上下させ会心の笑みをつくった。

「警視庁や署なんて言っちゃ、まずいんじゃあないの」轟が質した。

「二年前にも今日と同じ事があったの、それで今回もわたしケイシジョって言ったでしょう。わたしの知り合いが勤めているのとか、これから行く所とそれでね、知り合いがって言うつもりだったの、しょだって、保健所や税務署、区役所、消防署、保育所、集会所、碁会所と色々あるでしょう。受け取り方の違いよね」

ママはしてやったりという顔つきでにんまりした。

「そりゃあそうだ」轟も恵も一様に感心した。関山に至ってはママの知恵には、まいった、まいったの連発だ。

「悪い奴はしょと聞けばまず、警察署と思うんじゃあないかなぁ」

会話の内容が分かっているのか、関山が話の中に割り込んできた。

「道理でママは俺の下の名前を呼んだんだ」

「そうよ、関山さんの啓二さんだって聞きようによっては刑事と同じ発音だもの、今日は人助けをしたのよ、ねぇ啓二さん」

「そりゃあ、ママの言う通りだなあ、まいったなぁ」

関山も今しがた出ていった二人の風体と、その場の雰囲気を何となく理解したのか、ママの説明に同調し、またもまいったを連発した。

「ママの発想には驚いたなあ」

轟が紅茶の残りを啜りながら呟いた。

「気分直しにコーヒーでも淹れましょうか、関山さんは…」

「俺、ビールがいいなぁ、人助けのあとのビールはうまいよ」

関山は一人、ヒーローになっていた。

「置いてないのよ」ママの一言でヒーローがしゅんとなった。

「じゃあコーヒーでいいよ。ところでお嬢さん時々見掛けるけど轟さんのコレ」

関山がげじげじ眉をピクつかせて小指を立て、恵の目前にヌーッと突き出した。好色じいさん丸出しだ。正義のヒーローからエロヒーローに一変したのだ。

「そうよ、と言いたいけど、おじさんはね、わたしの大好きな大事な吉祥寺のお父さまよ」

恵はやや大胆にさらっと言ってのけた。言い終えた恵の表情は清々しささえ感じられた。

恵の発言に轟は勿論のことママも関山までもが、驚いた表情で一斉に恵の顔を注視した。

「こりゃあ、おったまげた。お嬢さんは轟さんの口説きのテクニックにころっと参ったってわけだ」関山はげじげじ眉を静止したままニヤリと表情を変えた。どうしても轟のせいにしようとしている。

恵は今の関山の態度に反発を覚え、

「そんなんじゃありません。おじさんの誠実さと立派な生き方が好きで、先輩として尊敬しています」

恵にしては珍しく、態度を硬化させ、言葉尻が尖った。

関山が小指を立て恰も恵が轟の愛人ともとれる発言に怒りが込み上げてきた。胸中に悔しさが広がり、涙が幾すじも頬を伝わってコーヒーカップに落ちた。その涙は恵の悔しさだけではなかった。轟の心中にも恵のくやしさの錐が突き刺さっていた。

「関山さん、相変わらず品が悪いわね。お二人はそんな関係じゃあないのよ。関山さんに轟さんと恵ちゃんのことを説明したって分かんないでしょうね」

ママは関山の態度をきつい口調で注意した。

「恵ちゃん、この人は悪い人じゃあないのよ、女友だちがいないもんだから、うらやましくて妬いてんのよ。ごめんなさいね。関山さんもちゃんと謝りなさい」ママは関山がお人好しであるとフォローしながらもやんわりと叱った。

「そりゃあどうも失礼しました。ごめんね」

関山はばつが悪そうな表情で中途半端な態度で二人に頭をちょこっと下げた。関山はその場の雰囲気に居辛くなったのか「また寄らしてもらうよ」千円札をテーブルに置いて、そそくさと席を立った。「お釣り」と言った時にはもうドアの外にいた。

「とんだ茶々が入っちゃったわね。恵ちゃん、嫌な思いさせちゃってごめんなさいね」ママは怪しげな二人連れと関山の出現を指しているのだ。「験直《げんなお》しにビールでも出しましょうか」

「ママさんビールは出さないんでしょう」恵は関山が出て行ったドアに目を遣った。

「関山さんは昼間から飲むと、くどくなるからそう言ったの」

「どう、轟さん」

「いや、今日はちょっと…」

「どうかしたの…さっきのことで気分でも悪いの、それとも体のどこか悪いの」

ママが心配げに轟に問い返した。

「いやちょっと」轟は同じことを二度繰り返した。顔に疲れが滲んでいるように見える。

「ほんとうに大丈夫ですか、わたし何だか心配…」

恵も心配げに顔をくもらせ声をかけた。

轟は、昨夜遅くまで自分史の編集に取り掛かっており、それで寝不足が影響したのか少し頭痛がするみたいだと思っていたのだ。

「おじさん今日はこの位にしましょう。早く帰ってお休みになったら、今夜は自分史の作業は絶対に駄目ですよ」

恵は身内にも似た仕草で轟の額に手を当てて「熱は無いみたいよ」

恵ははなした手を自分の額に当てた。「でも目が少しうるんでるみたい…。微熱のせいかもね」独り言のように呟いた。

轟は恵のやさしい手の感触を受け気持ちが温かくなった。

しかしママが先ほど淹れてくれたコーヒーは手つかずのままだ。やはり体調が悪いのか。胃が受け付けない。この様子を見兼ねた恵が、

「おじさん送って行きましょうか…」

「心配してもらってありがとう。一人で帰れるから大丈夫だよ」

「じゃあわたし此所にしばらくいますから、何かあったら電話をくださいね。必ずよ」

轟は目まぐるしかった今日一日に区切りをつけるように、苦しい体力のなかから空元気な声を出した。しかし顔からは生気が消えている。

「じゃあ、これをお母さんに」ケーキの包みを渡した。山彦を出る轟の後ろ姿に何時もの生気が感じられない。恵もママも轟の弱々しい姿をしっかりとみていた。轟が帰ってから二時間が過ぎたころ轟から恵に電話が掛かってきた。

「心配掛けてすまなかったね。体も気分も少し落ち着いたので明日は病院に行くことにしたから、結果はまた連絡するね。今日は本当にありがとう。ご両親にもよろしく伝えてくださいね」

恵は轟の声にホッとしながらも後ろ髪を引かれる思いが胸を締め付けた。じゃあ、わたし明日来ます。病院へも一緒に行きますから、恵は何故か轟のことが心配でじっとしていられない心境だった。

「いいよ大袈裟になるから」

「駄目って言われてもわたし絶対に行きますからね」

恵は断言して電話を切った。

その夜、轟は夢を見た。恵との哀しい別れだった。恵が何処かへ旅立つところらしい。「恵ちゃん」声を掛けた。振り向いてはくれない。何時もの恵とはちがう。何時もなら「おじさん」と明るい声で振り向いて笑顔を見せてくれる。だが今はちがっている。周囲の雰囲気と恵の姿に違和感と離別感が重なった。一歩近付くと二歩先を行く、三歩進むと六歩離れる。十歩で二十歩、追えば追うほど恵との距離は離れるばかりだ。轟が何度呼んでも振り向く仕草は無い、轟の呼ぶ声は絶叫に変わっていた。やがて声が出なくなった。

恵は振り返ることもなく、ただひたすら一直線に歩き続けて行く。辺り一面は霧の海だ。風景は何一つ見当たらない。ただひたすら一本道を進んで行く恵のうしろ姿を立ちつくして見送るしかなかった。やがて愛しい恵の姿は忽然と霧の中へ消えていった。

轟は霧の彼方へ何かって、出る限りの声を出し「めぐみ、めぐみ」と叫び続けた。しかし声にはなっていなかった。その声なき声の叫びには最早や年齢の差はなかった。男が女を想う一途な愛だけが存在した。その情景は青春の哀しい別れのシーンの再現でもあった。

轟は夢の中の声なき叫び声で目覚めた。目尻に涙の跡が残っていた。指先でなぞると、少しざらついた。不思議な夢だった。正夢でないことを強く願った。寝汗が背中にべったりと張りついている。何処か虚脱感がどっと身体を襲ってきた。ベッドから起き上がるのも臆劫だ。このままもう一度、寝入って恵を呼び戻すことができないものかと、天井を見つめながら叶わぬことを考えていた。枕元の時計を見た。午前六時を指している。遠くから救急車のサイレンが犬の遠吠えのように聞こえてきた。独り身の孤独感が一挙に襲ってくる。俺を迎えにきたのか、幻覚が過った。今日は病院へ行く日だ。嫌な予感が頭の中を過った。予感を撥ね除けるように思いっ切り背伸びをした。身体のどこにも異常は感じない。「大丈夫だ」ホッと安心感が脳を巡った。雨戸を引くと朝の太陽がどっと射し込んできた。今度は朝日に向かって背伸びをした。同時に冷気を胸一杯に吸い込んだ。同じ動作を数回繰り返した。肺に元気が戻ったような気がした。昨夜見た夢が何か遥か遠い昔の出来事のように思えた。しかしあの夢は何かの予兆か警鐘だろうか、一抹の得体の知れない不安が再び気持ちの中で痼に変わり、太陽の明るさに反比例するように気持ちが少し暗くなった。洗面所を出た時、柱時計が九時を打った。計ったようにインターホンが鳴った。めったにないことだ。

「おじさん、お早うございます」

恵の何時もと変わらぬ明るい声が飛び込んできた。昨夜の夢は正夢ではなかった。ホッとすると暗かった気持ちの中に安堵感が広がった。表木戸まで出ると恵が轟と同年輩の婦人を伴っている。轟を見るなり「あっ」小さな呟きが婦人の口元から漏れた。婦人は静かな所作で頭を下げた。

三十数年ぶりに見るまぎれもないモデルの園吹まゆみ、今は恵の母親御代まゆみである。再会に二人は瞬時、言葉を失っていた。間をおいて「お久しぶりです」轟が初めて口を開いた。

「ほんとうにお久しゅうございます」

パリの夜以来の声だ。パリに三日間滞在した情景が躊躇することなく脳裏に再来した。幻ではない現実だ。轟はあとの言葉が浮かばない。現実のまゆみの姿を前に胸中にはパリの夜の出来事がふつふつと再来した。

まゆみは何かに耐えるように轟を見詰めているだけだ。そこには三十年の時空が一挙に埋まった瞬間があった。

恵が二人の会話を繋ぐように「ママおじさんにお礼を申しあげて…」

恵の声に我にかえったまゆみは、この現実を確かめるように「いつも恵が大変お世話になってありがとうございます」

まゆみは声のあとが涙で細っていた。轟はその言葉だけで十分だった。その涙声は三十数年の長い歳月を経ての再会に、まゆみの感情が感激でふるえる声も途切れ細っていた。

「ママ本当によかったね。母娘二代の恩人のおじさんに会えて」

恵の声も心なしか震えていた。二人の再会の感情が恵にも伝わっていたのだ。表木戸の前で話す三人に、近所の主婦がちらっと目線を流して通り過ぎた。

「ここでは何ですから中へどうぞ」

「おじさん今日は病院に行く日でしょう。ママ、パパからの紹介状持っているわよね」

「紹介状って？」

轟は訝《いぶか》しげな表情でまゆみの顔を注視した。

「パパから知合いの大学病院の先生におじさんを診てもらうように紹介状を書いてくれたの、有名な先生だから安心して診てもらってくださいって」

御代画伯の細やかな心遣いに心の中で「ありがとうございます」感謝と礼を述べた。

「病院へはわたしの車でお送りします。軽で窮屈《きゅうくつ》でしょうけれど…」

初めて気付いたが自宅の前に軽乗用車が停めてある。有名な画伯のことだから高級車を想像していた。画伯は常々に持ち物でその人の価値は決まるものではない。質素な物でも持つ人によっては、それが只の石にもなればダイヤモンドにもなると、贅沢を戒めていた。

「さあ、行きましょうか…」まゆみが声を掛けた。

「おじさん、ママの隣にどうぞ、話すことがいっぱいあるんでしょう。わたし運転しますから」

恵が三十数年ぶりの再会に気を遣ってくれる。轟は素直に恵の好意を受けた。車は井之頭通りから甲州街道に入り一時間ほどで大きな病院に着いた。病院に着くまでの一時間、轟とまゆみは三十数年の時空を埋めるように語り合った。

恵は運転しながら二人の会話に時空の埋まるのをしっかりと感じていた。まるで何十年ぶりに開かれた同窓会の会話を聞いているようで、正に光陰矢の如しとはこのことであると、その意味を恵はしっかりと胸に刻んだ。診察は三時間に及んだ。恵はその三時間が十時間にも思え、不安の渦中にあった。結果は軽い不整脈の疑いがあり、しばらく通院して加療するようにと告げられた。恵は結果を知らされた途端に安堵で、その場にペタンと腰が落ちた。

「大きな病気でなくってよかったですね」まゆみが安堵の表情で轟に声をかけた。

「ありがとうございます。ご主人に厚くお礼申し上げます。恵ちゃんもありがとう」

礼の言葉を探す前に素直に「ありがとう」のひと言が轟の気持ちを表わしていた。

病院をあとに吉祥寺へ着いたのは午後二時少し前だった。三人は山彦で軽い食事をとった。山彦のママは若かった頃、憧れたモデル園吹まゆみを見て感激のあまり涙ぐむ場面もあった。居合わせた客も清楚な恵と、まゆみの美貌、そして普通のおじさんの組合せに、おやっという表情で三人を交互に見比べている。客は六人、二人連れの三組だ。散歩の途中ひと休みに寄ったのだろうか、六十年輩の老夫婦の妻が突如席を立ってまゆみの傍へ来た。丁重に頭を下げた。

「失礼します。間違っていましたらお許し下さいませ」前置きして「三十年前、ファッションモデルをされていた園吹まゆみさんじゃあございませんか？」意外な言葉が老夫人の口から飛び出した。周囲に聞こえたのか、客の好奇を含んだ目が再び三人に集中した。

まゆみも突然の問いかけに戸惑いながらも、

「ええ、その頃はモデルをしておりましたけど…」

この二人の遣り取りに二組の客が目を寄こしてきた。まゆみが不審顔で婦人を見返した。

「やはりそうでしたか、多分、わたしのことは覚えていらっしゃらないでしょうね。

当時、わたしは『美へのみち』という女性誌の編集部にいましたの、東洋の美女と称され、世界のトップモデルとして活躍をされていた園吹さんに三度インタビューさせていただいたんです。当時の様子は今でもはっきり覚えています。そこにいますのが、当時、園吹さんを撮影したカメラマンで今はわたしの夫です」夫と呼ばれた老人が立ち上がって丁重に頭を下げた。見ていた一組のカップルも何故かぴょこんと頭を下げた。老婦人は当時を懐かしむように短く経緯を語り終えた。それは老夫婦自身の青春譜でもあった。

「ご主人さまとお嬢さまですか？」

老夫婦は三人に目を戻し、再び問い掛けてきた。

「いえ、こちらは娘の恩人ですの」轟も頭を下げた。

まゆみは経緯を説明すれば長くなるので恩人だけで会話をきった。

老婦人は元の席に戻り、ほっとした表情で冷めたコーヒーを口に運んだ。側で夫がよかったねと、口をそえるのが小さく聞こえた。

恵たち三人の間にも温かい空気が流れた。

「ママすごいね。四十年も前のメディアの方と偶然会えるなんて、パパにも話してあげよう。今日はパパ、銀座の画廊でしょう」

「個展の打合せに行ってらっしゃるはずよ」

「それならおじさんと一緒に四人で食事しましょうよ、浩寿司さんがいいなぁ。パパに電話していいでしょう」

「それはいいけど轟さんの体調もあるでしょう。轟さん、如何ですか…」

轟にも三十数年ぶりに会った、まゆみとの会話を大切にしたいと思っていた矢先だけに、恵の提案はうれしかった。

「アルコールさえ控えれば…」

その夜、御代画伯と合流して浩寿司で楽しい会食となった。浩寿司の店主は高名な画伯の来店に舞い上がってしまった。それだけならまだしも、かつて東洋の美女といわれ世界のファッション界で活躍していた旧姓、園吹まゆみ、今は御代画伯夫人となった恵の母が来店したのだから舞い上がっても仕方ないことだった。客の目も四方からとんでくる。中には御代夫人を指して、相客にモデル時代の美貌を説明しているのだろう、もの知りぶった老人もいる。

店主はこれでもかというほどに腕をふるい四人を歓待した。

「パパみんなで今日の記念に写真を撮りましょうよ」恵はよほどうれしいのか普段よりも明るい声で振舞った。その裏には轟の今日の診断結果への気遣いもあったからだ。

「女将さんお願いします」恵は小型カメラを渡した。

「じゃあ中から撮るわね」女将さんはカウンターの中に入った。

「おじさんと二人のところもね。お願いします」

恵は言うなり席を立ち轟のうしろから肩越しに可愛い顔を覗かせた。席に戻った恵が「おじさん、パパとママの出会いを教えてあげましょうか」

恵はいたずらっぽい笑顔で唐突に言い出した。これも恵の茶目っ気の一面である。

「恵おやめなさい」まゆみがぽっと顔を染めて禁めた。画伯は照れをかくすようにビールを口に運んだ。恵はちらっと両親の顔に目を遣って小さな笑みをつくった。

「ママとパパはパリで知り合ったの、パパが絵の勉強でパリに留学した時のことなの、パパがセーヌ河畔でスケッチをしていた時にね、散歩途中のママの帽子が突風で飛ばされ、パパのスケッチブックに当たったのが縁なの、どうもママの方からアプローチしたみたい。ママが言ってました。短い恋物語はこれでおしまいでーす」

恵が楽しそうな口調で話した。話し終え轟だけに分かるように片目でちらっとウィンクした。

轟は少し深刻な馴初《なれそ》めかと思っていたが意外に単純な結末に、まゆみらしいと改めて横顔を見た。目尻にうっすらと皺があるもののモデルまゆみの面影は往年と変わらない。そのまま恵に目を移すと「意外と面白くない出会いでしょう」恵がちょろっと舌を出して笑って両親に目を遣った。

「パリでの出会いって素敵じゃあないですか、恵ちゃんにもそんな出会いがあるといいね」

轟は恵の存在を心にしっかりと刻んでいるだけに複雑な気持ちでまゆみに言葉を返した。

四人は楽しい会食を終え、店主と女将に見送られ店を出た。恵は轟の側から「パパ久しぶりにママと銀ぶらしたら、わたしおじさんを吉祥寺までお送りして帰りますから、ママ車借してね。そのために、今夜は一口も飲まなかったの」

「ええ、いいわよ、轟さんは病院帰りだから大事にお送りするのよ」

「ぼくはタクシーで帰りますから大丈夫ですよ。軽い不整脈ですから恵ちゃん、ご両親と一緒にお帰りなさい」

「わたしおじさんが心配だから送ります。だからビールも飲まなかったの」

「轟さん、恵もそう言っていますから、気になさらないでどうぞ」

画伯も口添えをした。

「じゃあ、お言葉に甘えてそうさせてもらいます」

浩寿司の前で御代夫妻と別れた轟は恵の運転で吉祥寺に向かった。恵は今夜の余韻を大切にしたいと高速道は避け、一般道を通り、会話を楽しみながら吉祥寺へ向かった。

「今日はほんとうに楽しかった。恵ちゃんありがとう」轟はウインドガラスに映る恵の清楚な顔に目を遣りながら、目まぐるしかった今日一日に思いを巡らせていた。

「わたしも楽しかったわ、二、三日したら写真を持って行きますね。身体は絶対無理しちゃあ駄目よ、これからも沢山、おじさんにお話や、相談したいこともあるし」恵は母親が子供を論すような口調で言葉を掛けた。

「大丈夫、恵ちゃんの言うことはちゃんと聞きますよ」

轟は、素直な気持ちで言葉を返せた。その裏側には気持ちの中にしっかりと恵の存在が根付きはじめていたからだ。

「おじさん、一度うちに来てね、ママに美味しいもの沢山つくってもらいますから、絶対に約束よ」小さな会話をしているうちに車が自宅に着いた。

「じゃあおやすみなさい」轟と恵の互いの挨拶に温もりが交叉した。轟にとっては愛しい温もりだ。恵にとっては、父親にも似たやさしい温もりだ。

「絶対に無理しないでね」恵は轟を門前まで送り小指を絡ませ拳万《げんまん》をした。恵の心の温もりが伝わってきた。その時、不意に抱き締めたい衝動が走った。その衝動を抑制したのは還暦を過ぎた年齢差がそうさせたのだった。抑制のあとに残った感情は小指の温もりだけで十分であった。そのあと切なさと詮なさが現実となって轟の脳裏を過った。

部屋に入ると闇の中に静寂《せいじゃく》だけが広がっている。照明のスイッチを入れる。蛍光灯の冷たい白色光が辺りを冷ややかに照らし出した。何処にも生きるものの存在が感じられない。急に寂しさが全身に襲い掛かってきた。先ほどの賑やかでアットホームな雰囲気から放り出された轟は、独身である現実に引き戻されていた。あまりのギャップの大きさに改めて周囲を見回したが、人の気配の無い、無味乾燥の風景がぽつんとそこに在るだけだ。この小さな風景の中に恵の姿があったらと思うと無性に人恋しくなった。しかしいくら考えても詮無いことだ。得体の知れない何かがついているようで、遣り切れない気分だけが目先をさらに暗くする。時計に目を落とすと十一時を指してる。

「気晴らしに出てみるか」静寂の中での呟きは意外に大きく響いた。

山彦のママ、恋の欠片のママ、初老三人組とそれぞれの顔が浮かんで消えた。何だか懐かしい気がした。

その夜、轟は恋の欠片で二時間を過ごした。初老三人組は現われなかった。不景気なのか客は一人も来なかった。そのせいかタバコの紫煙もなく空気は淀んでいなかった。恋の欠片は病院とは、また、ちがう人のいない雰囲気に、気弱になっていた感情はどこかへとんで、轟一人という気安さもあり、この夜は饒舌《じょうぜつ》だった。病院へ行ったことだけは伏せた。

この夜、轟はママに時折、暗い気持ちの中に澱《おり》のようにたまる得体の知れない何かを捨てるように、これまでの生き様をぶつ切りに語った。ママは黙って聞き役に回った。

恋の欠片のママに心中の澱を語った夜から二日が過ぎた。昼過ぎ恵から電話が入った。写真が出来上がったので明日来ると言う。心待ちにしていた電話だ。それだけではない。もう一つ心待ちにしていたのが恵とのツーショット写真である。これまで恵と一緒に写った写真は一枚もない。それだけに今回の写真がどれだけ轟にとって嬉しいものか、轟は還暦の年齢を忘れ少年の気持ちで心待ちしていたのだ。

六十年の間に女性と一緒に撮ったのは、幼稚園に入園した時と小学校に入学した時だけだ。桜の木の下と校門を背景に母と二人だけの写真だ。思い出してもその二枚だけだ。その二枚も自分史に掲載するつもりで、すでに準備してある。優しい母だった。逢いたい気持ちが切なかった。翌日、恵は大判サイズの三ツ折りの写真立てを持って来た。開くと右に恵と轟のツーショット写真、左に御代一家との写真、中央に画伯が轟のためにスケッチ風に描いたパリの街角の小さな油絵、その絵には画伯自身のパリ留学当時の思いも込められていた。

受け取った写真は、この時から轟の何よりの宝物になったことは言うまでもない。

「素敵な写真とお父様の絵をありがとう」

この言葉に轟の感謝の気持ちが詰まっていた。

「よろこんでいただいてうれしいわ。パパもパリにはおじさんと同じで、いっぱい思い出があるって言ってました。絵にある街角の奥にパパが下宿していた家があってママも何度か訪ねていったらしいの」恵は父が語った思い出を轟に復唱した。

「ぼくはビジネスでしかパリは知らないので今度、お父さんにお会いしたらパリの下町情緒など伺いたいなぁ」

轟も当時のパリの風景を確認したかったのだ。そして当時を懐かしむように写真立ての絵をじっと見詰めた。

「パパもこの絵を描きながら当時のことをいろいろと話してくれたわ」

恵は絵を指差しながら楽しそうに語った。しかし人の運命は誰も予測することは不可能である。よもや画伯と轟がこのパリの街角の絵を最期《さいご》に二度と会話することも会うことができなかった。哀しいことだ。

「恵ちゃん、お父さんに機会があったらパリへご一緒したいと伝えておいてね」

「パパもよろこぶわ、その時はわたしも連れてって、お願い。指切り拳万」恵は子供が親に甘えるように轟の腕を取って左右に振って小指を絡ませた。二人の関係を知らない他人が見たら本当の父娘と見えても不思議はない。

「コーヒーでも淹れようか」

「わたし美味しいのを淹れます」

轟はキッチンへ向かう恵の後ろ姿を目で追いながら、この楽しい風景が何時まで続くだろうか、漠然とした不安がふと脳裏を過った。

恵は轟家のキッチンに何度か立っている。手際よくコーヒーを淹れて戻ってきた。

「おじさん、自分史どの辺りまで進んでいます？」

コーヒーを轟の前に置きながら進捗状況を聞いた。

「ほぼ原稿は仕上げの段階にきているよ、順調にいけばあと二カ月もすれば印刷屋さんに渡せると思う」

轟は整理の終わった原稿用紙を指差した。

「楽しみだわ。待ち遠しいなぁ」恵は小さな笑顔でコーヒーを口に運んだ。

轟は最終章で恵の存在をどのような形体でまとめるか昨夜から悩んでいた。あからさまに恋文紛いの文体にはできない。自分史は自分だけではなく、第三者の何人かは読むだろう。当然、画伯も夫人も、当の恵も山彦のママも、そして親戚筋も…。読んでもらえる人たちの立場のことを考えれば考えるほど悩みが増幅する。この歳になって文字で状況を表現する難しさを痛感した。それはありきたりの文章では自分の気持ちに反するからだ。

そこでペンが止まってもう二日が経った。

今日も山彦に足を運んだ。何時もの習慣で濃い目のコーヒーを啜りながら頭の中で

「恵」の文字を中心に文章を組み立てては消し、また、考え直しては組み立てる。同じことの繰り返しでまたも二日を費やした。

「轟さんコーヒーが冷めているわよ」ママが丸盆を胸に張り付けるような格好で立ち止まったままで声を掛けた。

「ああ…」間の抜けた声でちらっとママを見上げた。そのまま目を窓の外に向けた。今朝の天気予報とは裏腹に何時の間にか小雨に変わっていた。「俺の心にも雨か…」つまらん駄洒落がポーンと出てくる。今日はじめての苦笑いがもれた。目をテーブルに戻そうとした時、通りの向こうのビルの角に赤い雨傘の女性が立っている。顔は傘で隠れて見えないが背格好と、うしろ姿が恵にそっくりだ。こちらを向いてくれないか目を凝《こ》らして見詰めた。女性は人待ちしているのだろう、何度か腕時計を見る仕草が目に入った。時間が経つにつれて、その仕草が増えてきた。

　恵が吉祥寺で、ましてや通りを隔てているとはいえ山彦から見通せる場所で誰かと待ち合わせをするはずがないと思いながらも「もしや」の不安が過った。すぐにも飛び出して確かめたい衝動に駆られたが、六十一歳の理性が衝動を押し止めた。

　相変わらず小雨が降りつづいている。赤い傘の女性が苛立ちはじめたのか小刻みに両足で交互に地面を踏む仕草を繰り返しはじめた。女性が現われてから三十分を経過したころ中年男性が現われた。遅れて来た男に詰め寄っているのか、女性が男を打つ仕草をして、ぷいっと顔をこちらに向けた。恵とは全く似ていない三十路過ぎの在り来たりの女性だった。男は遅れて来たことを謝っているのか片手を上げて拝む仕草で女性の肩に手を掛けた。その時、男がこちらを向いた。その途端、轟の脳裏に黒い霧がかかった。

「あいつか」呟いて轟が見たのは、何時かここ山彦に現われた肥満男の相棒、細い眉の凹んだ目のサングラス男だ。仲直りをしたのか赤い傘をサングラス男が取り、相々傘で立ち去って行った。今度はサングラス男が女を相棒に、何かを企んでいるのか、立ち去ったあとに過日の男二人の言動が映っているような気がした。

「轟さん」背後で聞き覚えのある女性の声がした。ふり返ると南山千代が、にこやかな表情で頭を下げた。

「これは、過日はどうも…」

轟は座ったまま千代を見上げ声を返した。

「お店の前を通りましたら轟さんのお姿が見えましたので…」

南山千代は淑《しと》やかな姿勢でもう一度頭を下げた。「どうぞ」自分の前の席を指した。千代は今日は洋装だ。和服姿より五歳は若く見える。轟と千代が対等に居ると決して不釣合では無い。しかし今の轟には恵の存在が気持ちのほとんどを占めている。

「ご注文は」ママが二人をちらっと見て女性に声を掛けた。

「紅茶をおねがいします」

ママがちらっと轟に目を遣って複雑な表情で厨房に戻った。

「これをお渡ししようと思って」

千代は東京物産へ届いていたＡＩＲ　ＭＡＩＬの白い角封筒を差し出した。表は英文で轟宛となっている。轟は封を切った。内容はロサンゼルス支店からで来年三月に現地でＯＢ会を開くという、その招待状だ。便箋に目を通し二つに折り畳みながら、

「ロサンゼルス支店でＯＢ会を開くという内容です。ぼくもロサンゼルスには入社して初めての二年間と退職前にも三年ほど居ましたので参加したいですね。最後はシアトルですが…」

当時の仲間の顔が次々に脳裏に甦ってきた。懐かしい顔ばかりだ。キャサリンの顔もだ。垣間、往時の風景が脳裏を過って消えた。懐かしい、もう一度、ロサンゼルスに行ってみたいと思いが立った。ふと恵を同行したら、どれほど楽しいか、想像するだけで、心が躍った。

「みんなに会いたいですね、出席の返事はぼくが出しておきます」

轟は便箋を封筒に戻し内ポケットに入れた。

「わたしも行きたいです。実は伯母がサクラメントに永住しておりますの、もう歳ですから一度会っておきたいんです。母の姉ですの、母も会いたいと思っているようで

すし…」

「ご一緒できるといいですね」

轟はこの場の雰囲気では、建前上《たてまえ》そう言うしかなかった。

南山千代が帰ったあと「久しぶりに浩寿司へ行ってみるか」呟きながら腕時計に目を落とすと五時少し前だ。これから出掛けるとちょうどよい時間になる。

ＪＲ吉祥寺から荻窪経由で丸ノ内線を乗り継いで銀座へ出た。

地下から人の流れに沿って薄暮の四丁目交差点に立った。初めて恵を見掛けた場所だ。しばらく立ち尽くして辺りを見回した。相変わらずの雑踏だ。人の波を縫うように浩寿司へ向かった。

「おや珍しい」浩寿司の店主が声を掛けた。

「急に銀座へ出たくなってね」

時間が早いせいか店内は五分にも満たない入りだ。

カウンターに腰を下ろしても隣には誰も居ない。恵と一緒に来た時に言葉を掛けてきた老人がカウンターの端で独り手酌で飲《や》っているだけだ。話し相手がほしかったのか「この前のお嬢さん綺麗だったね」連れがほしくて話の継ぎ穂を探していたのだろう、声を掛けてきた。

「ええ、今日は野暮用があったんで、そのついでに…」在り来たりの返事を返した。

今夜は俺も手酌だ。たまには手酌でもいいか、自分で自分を慰めた。飲むビールの味が殊の外苦い、恵が一緒の時は「おじさんどうぞ」笑顔で注いでくれるのだが…。

「轟さんどうぞ…」背後で声がすると同時に、脇からビールの瓶が出た。

「お嬢さんじゃあなくてごめんなさいね」

女将が笑顔で酌に来てくれたのだ。

「そうそう、つい三日前だったのかなあ、御代画伯が銀座の画廊の社長さんと一緒に来てくれましたよ。轟さんのこと立派な方だってえらく誉めておられましたよ」店主がその時の様子を話した。

「誉められるほど立派じゃあないよ、ただのじいさんだよ」

「でも画伯夫人がパリで暴漢二人組に襲われた時に助けたそうじゃないの、そのうえ、この前は銀座通りでお嬢さんをストーカーから助けたでしょう。母娘を海外と日本で助けるなんて、偶然とはいえ奇跡ですよ。縁って不思議ですね」それってすごいことよね。女将も轟の両肩に手を掛けて同調した。

「どっちも過去の話ですよ」

轟は誉められて満更でもなさそうな表情でビールを流し込んだ。

恵のことが話にのったことで轟の気持ちが少し和らいだ。

「浩ちゃんどう」

店主にビールを差し出した。

「仕事ですから、気持ちだけ頂きます」

その時、マナーモードの振動音が着信を知らせた。ディスプレイに恵の文字だ。予期しなかっただけにうれしさが顔に表われた。急いで席を外した。

「おじさん、夕刊見ました。わたし本当に驚いちゃった。何時か山彦に現われた二人組のことが…」

轟は恵の語尾を切るように自分の言葉を繋いだ。「あぁ、あの二人組がどうかしたの?」

「夕刊に顔写真入りで出ているの、詐欺で逮捕されたって大きな見出しで載ってるの?」

恵は容疑者を知っているだけに記事を読んで驚いたのだろう。

「架空の会社名で投資を募って何千万円も騙し取っていたんですって、被害者はほとんどがお年寄りですって」

余程、驚いたのだろう、声が弾んでいる。

「いま何処から電話しているの?」

「あ、ごめんなさい、今ね、音楽会の帰りで赤坂見附駅です。おじさんは何処に?」

「うん、浩寿司さんに」轟の気持ちに恵に会いたいというさざ波がさわさわと立った。

「じゃあ、わたし寄っていいですか」恵は轟の気持ちが分かっているかのように明るい声で問い掛けをした。轟が待っていた言葉だ。「いいよ、気をつけていらっしゃい。待ってるね」

カウンターに戻ると「轟さん何か良い電話だったの、これから」店主が冗談めかして小指を立てた。

「そんなんじゃあないよ、ぼくの友だちだよ」

恵が轟の愛人でもあるかのような見方をされたくなかった。現に愛人でもなければ恋人でもない。「じゃあ何だ」と問われても返答のしようがない。

「さっきと顔付きが違いますよ」またも店主が揶揄した。

「そうかなあ…多分ビールのせいだよ。それと隣の席一つ予約ね」恵のことは伏せてとぼけた声で返した。

店内も七時近くなると立て込んできた。腕時計に目を落とすと恵との遣り取りからすでに四十分近く経っている。赤坂見附からだと三十分もあれば楽に来られるはずだ。何かあったのでは心配が過った。その時、格子戸を引く音がした。反射的にふり返った。和服姿の女性と中小企業の社長風にみえる中年男性の二人連れだ。おそらくクラブのママと、その店の常連客だろう。マーさんの会社はどうのスーさんの彼女はどうの…それらしい会話が二人の口から切れぎれに漏れてくる。

轟はもう一度腕時計に目を落とした。待つ気持ちが不安を倍加させる。どうしたんだろう、何かあったのか、気持ちの中で呟きながら入口に目を移した。格子戸を引く音がした。店で時々見掛ける常連客が軽く会釈をした。そのあと轟の表情が柔和になった。つづいて何時もの恵が可愛い笑顔で現われた。駅から走って来たのだろう息を切らしている。両の手の平で顔を扇ぎ風を送る仕草をした。店主に笑顔で目礼して轟の隣に腰を下した。

「ハイお水」恵の紅潮した顔色をみて女将が気を利かせたのだ。恵は一気に呷るように飲んだ。白い喉元が小さく小さく波うった。清楚な色気がちらっとみえた。

「ああ、おいしい…」ひと息ついた恵は、銀座駅で大学時代の友人にばったり会った。友人は来春、イギリスへ留学するための学費を貯めるため、銀座七丁目のスナックでアルバイトをしているという。その話で遅れたと、謝った。「おじさん本当にごめんなさい」二度目の頭を下げた。ポニーテールが小さくゆれた。

「お嬢さん遅いから轟さん心配して何度も何度も腕時計を見ては入口を気にしていたんだよ、お詫びにお酌をしてあげたら」

店主がややオーバー気味に言って笑った。

「おじさん遅くなってほんとうにごめんなさいね」

恵はもう一度謝って轟のグラスにビールを注いだ。

「わたしも頂いていいですか」恵は女将の差し出したグラスを受け取ると、いたずらっぽく、轟に向け差し出した。グラスに小さな泡が立った。

「今夜の偶然に乾杯しよう」言っておきながら轟は気障《きざ》な台詞に失笑を隠すように、恵のグラスに自分のグラスを合わせた。

「お嬢さんは嫌いなネタは無かったよね。何から握りましょうか。鮪は大トロから、それとも中トロ、赤身、鯛にハマチに間八、烏賊に蛸、どんどん言ってよ。そうそう一つだけ握れないもんがあるんだ。分かるかなぁ」

「握れないものって、それって何ですか？」

「お嬢さんの手ですよ、そんなことしたら轟さんに叱られるし、うちの女将には太い角が二本も三本も…」

「おやじさんもおもしろいことを言うね」カウンターの客が相の手を入れた。

「じゃあ、わたしおじさんと同じものを握ってください」

轟の飯台には大トロが載っている。

「へい、お待ち」

店主が威勢のいい声と一緒に大トロをポンと恵の飯台に置いた。

恵は立て続けに大トロを三貫口に運んだ。

「どう、美味しいでしょう」

店主はしたり顔で親指を立てた。

「美味しい…」

恵も言葉を返しながら店主に見習って親指を立ててみせた。

「お嬢さん綺麗な指してるねえ、指のモデルでもしてんの」

恵の仕草を見たのか、酔いの回りはじめた客が話し掛けてきた。

「おれの知り合いの娘がさ、指のモデルをしていてよー、何でも指に二千万円の保険が掛かっているってんだよ、俺なんぞはよお、婿が受取人でよ、生命保険が二千万円だよ。おれの命はたったの二千万円かよ、娘っ子の手と同じ値段かよ、やってられねえよな…」

ぐい呑みから冷酒を一気に飲み干した。酔いが相当まわっているのだろう自分の言い草で嫌なことを思い出したのか愚痴りはじめた。

「指に二千万円ねえ、二千万円ねえ、俺なんぞ一生働いて何が残るっていうんだよ、だらだら朽ちていくのが落ちさ、やだねえ、人生って何だったんだよ。夢をもって会社へ入ってよ、夢はすぐ散っちゃったさ、あれから三十数年、この歳でやっと係長さ、何でもかんでも長をつけりゃいいってもんじゃねえよ。それなら盲腸だって大腸だってちょうがつくじゃねえか」

訳の分からないことを喋りはじめた。

「先生、学があるんでしょう、教えておくんなさいよ」

轟は酔客から先生にされてしまった。恵は酔客の愚痴る言葉の端々に、いま味わっている人生の悲哀を聞くにつれて身につまされる思いがした。

「お嬢さんも聞いてよ、娘も女房とさ連んでさ、俺のことを馬鹿にするんだよ。ほんとうに悲しいねぇ情けないねぇや。俺はどこへ行きゃぁいいのさ」

「桜さん、そりゃああんたの被害妄想だよ。奥さんだって娘さんだってあんたの働きには感謝しているよ」店主は桜さんの真面目な性格を知っているだけに、本心から慰めの声を掛けた。

「先生はこんなきれいなお嬢さんと一緒で幸せそうでよろしゅうござんすね」

桜さんと呼ばれた酔客はどうも絡み酒らしい、カウンターに両肘をついて体を前後に揺らしながら喋るので呂律がかなり怪しくなっている。

「先生どうぞ、ぐっとおあけになって」

恵がビール瓶を差し出し女将の真似をしたのだ。そのあとくすっと笑った。恵が可愛い悪戯気を出したのだ。

轟も先生と、初めての呼ばれかたに新鮮さを覚え笑顔を返した。

店内は満席になった。酔いが完全に回ったのか桜さんがおとなしくなった。見るとカウンターに伏って微かな寝息を立てている。穏やかな寝顔に安らぎが宿っていた。

店主が桜さんをちらっと横目で見て、

「桜さんも疲れているんだよ。しばらくそのままにしてあげたら、鼾《いびき》がうるさかった ら起こすから」店主が女将に声を掛けた。その声に客に対する情がこもっている。店が繁盛する源がそこにあった。

「そう、このままそっとして寝かしておいてあげたら」轟も同じ思いで声を返した。恵も店主と轟の会話にほっこりするものを感じてうれしくなった。

店の騒々しさとは裏腹に桜さんはスースーとやさしい寝息を立てている。前にもまして穏やかな表情だ。

「轟さんどうぞ」

脇から女将が桜さんを気づかって小声でビールを差し出した。

「桜さんね、会社で辛いことが多いらしいの、口下手で後輩にどんどん先を越され、五十歳になってやっと係長になられたの、酔っぱらうと何時も愚痴るの、気持ちの良い人なんだけど、みんなも分かってあげて…」

女将が桜の気持ちの襞を代弁した。女将のやさしい気持ちが、垣間見られた一ときだ。

「お嬢さん次は何を握りましょう」

「たこと、ひらめをお願いします」

「あいよ、たことひらめの舞い踊り、お待ちどうさま」

一区切りついて店主が手を休め轟に話の矛先《ほこさき》を向けた。

「轟さん話は変わるけど結婚する気はない」

店主は唐突に切り出した。

店主の声に驚いたのは轟よりも恵だった。

恵の眉根が少し歪んだ。表情に陰がはっきりと表われた。その時、恵の気持ちの中に「わたしのおじさんよ。結婚なんて駄目…」強い感情が稲妻のように胸の中を走った。その感情を口に出したい衝動を抑えるようにビールを一気に口にした。恵にしては珍しく激しい飲み方だ。喉元の白さが哀し気に大きく波うったようにみえた。その動作は、まだ轟にも店主には見えなかった。店主は先を急ぐように、

「店のお客さんの親戚筋で彼女は今年五十歳、初婚だって、何でも病弱な母親の面倒をみるうちに婚期を逸したってことらしい、一度会ってみたら…気立ての良い人ですって」

店主は恵の存在など気にする風もなく一方的に勧めている。

「話はありがたいけど今更、そんな気は全くないしね」

轟は恵に目を遣りながらきっぱりと言って退けた。

恵の目に小さな小さな真珠のような純粋な涙が光っていた。

店主は轟の言葉尻のあと、ちらっと恵を見た。恵の涙を見逃さなかった。江戸っ子の心に恵の情が痛いほど分かったのだろう。あの目は純真な娘の持つ目だ。恵は轟を慕っている。いやそれ以上かもしれない。浩一はそう思うことが自然であるような気がした。下世話な言い方をすれば恵は轟に惚れているかも…。

店主は恵の表情をみて確信めいたものを感じた。同時に結婚話を軽々しく言ったことを後悔した。俺としたことが、申し訳なさが後悔の上に立った。

「轟さん、俺が悪かった。この話は無かったことにしましょう。これでおしまいです。本当にごめん、申し訳ありませんでした」

さらっと謝りを言って気分を変えるように、生きのいい鯛と鮪を握りはじめた。それは短い短いドラマの走りだった。

「おじさん、お嫁さんもらわないで…」

恵は自分でも驚くほど、小さいながらもはっきりと口走っていた。言ったあとで心臓が異常に高鳴り、自分でもはっきりと、意識するほど赤面していた。轟の顔を真面《まとも》にみることができなかった。

それは女性特有の独占と嫉妬の芽が恵にもあった。恵の嫉妬は小さい。その嫉妬を赤面で隠そうとする純真さが可愛いすぎた。轟は心が痛んだ。その時、はっきりと恵を幸せにしてあげたいと、強く意識した。

店主の言った結婚の言葉に何人かの客がおやっという顔つきでふり返っていた。興味本位でふり返った第三者には話の当事者である恵、轟、店主の三人三様の複雑な気持ちの中を知る由もなかった。

「恵ちゃん、ぼくは嫁さんはもらわないよ、恵ちゃんという大切な友人がいるからね」

これが恵を傷つけない精一杯の言葉だった。言った言葉のうらに、これが俺の本心だと自分自身に言い聞かせていた。

轟はそのあとで店主の言った結婚のひと言が恨めしかった。この時、恵の存在が自分の心中に在る限り、恵以外と関わりのある結婚の文字全てを消滅した。

「わたし本当におじさんのお嫁さんになろうかな…」

恵は轟をちらっと見上げて恥ずかし気に言った。轟の心中で驚喜《きょうき》が起きた。うれしさと戸惑いの波紋が大きく拡がった。その言葉がいつまでも胸を揺さ振り続けた。

「恵ちゃん冗談はそこまで、さあ食べよう」

轟は心中の動揺を隠すように話の矛先を食に振った。しかし言葉とは裏腹に心中は穏やかでない。

「冗談じゃあありません」恵は睨むような恋うような目で強く反発した。一方でそのひと言で轟の気持ちの中に大きな波がまた立った。話の成り行きとはいえ三十幾歳も年齢差のある恵の気持ちを混乱させてしまったと、悔恨《かいこん》する反面で轟の気持ちも先ほど以上に混乱していた。轟は一気にビールを流し込んだ。気持ちが少し落ち着いた。恵の表情を見ると何事もなかったように蛸を頬張っている。その横顔に可愛い、愛しい、轟は一瞬ではあるが忘我の境をさ迷った。

「おいしい」言葉を掛けると、こっくり頭を小さく下げ、何時もの可愛い笑顔に戻っていた。

しかし恵のおいしいという表情とは裏腹に轟の存在を中心に心中には大きなうねりが押し寄せていた。そのうねりに恵は自身で言った言葉の重みに平静を装いながら耐えていたのも事実である。

「先生どうぞ」

この場を和ますように恵がにこやかな表情でビールを差し出した。これが新妻の仕草なら…轟の右脳左脳の両方から本音ともとれる信号が出た。グラスを持つ手に力が入った。それは手の震えを抑える無意識の仕草だった。そしてこの時ほど、恵を愛しいと全身で感じたことはなかった。轟が常に気にする歳の差は、この時ばかりは何処かへ飛んでいた。ここが浩寿司という環境でなかったら、恵の清楚な細い身体を間違いなく力一杯抱き締めていただろう。この時ばかりは轟の脳は還暦を超越して若返っていた。それも束の間だった。格子戸を引く音で我に返った。

腕時計に目を落とした。「恵ちゃんそろそろ帰ろうか、送って行くね」

轟は恵に心を残しながらも声を掛けた。店内も所々空席になっている。ふとカウンターの端を見ると桜さんの姿はなかった。轟の気持ちの中に、うたた寝する桜のやさしい寝顔が映った。桜さんはやはり幸せなんだ。家庭があるからだろうとふと思った。

浩寿司を出た二人は新橋方面に向かった。

轟は浩寿司で恵が発言をしたことの余韻が気持ちの中にまだ燻《くすぶ》っていた。うれしい燻りだった。また、恵も普段の雰囲気とは違う環境に、ちらっと轟に目を移すと視線がぶつかった。轟を見上げ、ぎこちない笑顔をつくった。思い詰めているような表情にもみえた。恵にとっては、今夜の場面は初めての経験だったのだろう、ショックも大きかった。

その時、轟の手に恵の手がそっと触れた。次の瞬間、轟の手が強く握られた。全く予期しなかった恵の行動に心臓が悲鳴を上げるほど高鳴った。恵と会って以来、初めての経験に戸惑いながらも心の中で歓喜をしっかりと覚えた。

「恵ちゃんありがとう」冷静な気持ちに戻りながら、今度はそっと恵の手を握り返した。

「おじさん、絶対に何処へも行かないでね。おじさんの手パパの手と同じで大きくてやさしいもん。小さい頃にお祭りでよく手をつないでもらったこと思い出しちゃった」

恵は本心を隠すように手を握った行為をパパの手におきかえていた。恵の心情のいじらしさが痛いほど心に伝わってくる。

轟は恵の心の中をみたような気がした。再びその手を握り返した。恵の温かみがさざ波のように伝ってきた。轟はいま最高の幸せを全身で感じ取っていた。もう、これ以上の幸せは無いと感慨だけが脳内に残った。これでいいのだ、本心ではない感情を歳の差で隠した。寂しさと切なさだけが全身を巡った。

「恵ちゃんありがとう、いまぼくは一番幸せだよ…」

「おじさんにそう言われると、わたしもすごくうれしいです」

ネオンが瞬き多くの老若男女が行き交う雑踏の中、二人は世代の垣根を越えて、お互いの気持ちを共有していた。新橋駅前からタクシーに乗った。急に恵が黙り込んだ。みると轟の肩に頭を傾げて小さな寝息を立てている。浩寿司で短時間に起きた酔客のこと、結婚話のこと、話題に振り回されて疲れたのだろう、可愛い寝顔だ。三十数年前、パリのホテルでまゆみもこんな仕草をみせたことがある。轟は不思議な巡り合せを感じていた。

「お客さんもうすぐ田園調布ですよ」

運転手のぶっきらぼうな声で我にかえった。恵も運転手の声に反応したのか轟の肩から頭を離した。タクシーを降りた恵は周囲を見回し「おじさん、目をしっかり瞑《つむ》ってでね。開けちゃあ駄目よ、いいって言うまでね。絶対よ」

恵は何をしようというのか、轟は言われるままの姿勢をとった。恵は轟と対峙する姿勢で轟の両肩に手を掛け爪先立って背伸びした。その時、雲が月明かりを遮った。暗い帳《とばり》の中で恵は伸びをするように轟の唇に口づけした。あっという間のことだった。その間わずか二秒にも満たない行為だった。恵も他人への口づけは生まれて初めての行為だった。

轟は全く予期しなかったことだけに全身の血が逆流するのではないかと思うほど、大きな衝撃を受けた。同時にこの瞬間をずっと待ち続けていたのか、人生で初めての体験に戸惑うと同時に歓喜の渦が脳を占拠していた。

恵にとってもこれが轟に対して好意を表わす最大の行為であった。

「わたし、おじさんがずっとずっと好きでした。でも何も知らない小娘でごめんなさいね」

恵は言葉も切れ切れに、切な気に心情を口走った。

タクシーのライトが夜の帳を切り裂いて数台走り去った。

轟は成すがままに恵を受けとめていた。そうすることで轟は幸せであり、平静に戻っていた。

「恵ちゃん今夜は楽しかったよ、本当にありがとうね」

「わたしもおじさんと一緒ですごく楽しかった」

「お母さんには浩寿司から電話を入れといたから…じゃあおやすみ」

「おじさんも体に気をつけてね。わたしのおじさん、おやすみなさい」恵はおじさんを二度も呼称し方向を変えた。

轟は恵に心を残しながら、街道まで歩き、タクシーを拾った。

轟は恵から受けた淡く、それで清楚感のある接吻という行為が如何に重大な意味をもつか葛藤していた。恵の両親と自分はほぼ同年である。同年の娘子を弄《もてあそ》んだと非難されても反論の仕様がない。万に一つ、恵の両親がそうは思っていないとしても、轟自身が両親の思いを甘んじて受け入れることはできないだろう。これが今しがた恵と別れてからも恵の小さな行為が、頭の中で尾を引いてベッドに入ってからも寝付かれなかった。夜が白むころ浅い眠りがきた。浅い眠りの中で恵が現われた。昨夜の出来事の再来であった。

しかし恵との結婚など誰がみても不可能であることは分かり切っている。

恵の昨夜の行為は恵自身の一時的な心の迷いであったとして、その心境を轟なりに解釈することに決めた。そして恵の好意をそのまま思い出の宝物として心の中に封印した。その裏には轟は夢の中で、夢の中の自分にとって、これが恵に対する思慮《しりょ》であることを語り掛けていた。それはまた哀しい思慮でしかなかった。仕方のないことだ。

十分に分かっているのだ。これが還暦を過ぎた男の寂しい決断であった。

目覚めを誘うように朝日が一筋カーテンの隙間から射し込んでサイドテーブルの上に置いた目覚まし時計に反射している。

その日、轟は恵に恋文を書いた。生まれて初めて六十二年目のラブレターだ。胸中に鼓動が生じた。歳の差という悲しい想いが募った。想いが幾重にも目の前の宙を舞った。

銀座の出会いから浩寿司での遣り取り、吉祥寺での詐欺師出現事件、自分史の中で分かった母親まゆみの出現、父親、御代画伯の好意など生命ある限り記憶に残るであろう恵からの賜り物である接吻など、今日までの出来事が映像となって次々と脳裏を目まぐるしく通り過ぎてゆく。その各場面を楽しい場面に置きかえてラブレターをまとめ上げた。読み返してみた。歯の浮くような甘美な文章では無い。むしろラブレターというより、感謝文に近い内容になっている。ペンを置いた。「よし、これでよし」空元気の声が室内に虚しく響いた。

轟は文章には満足した。慈しむように両手で便箋を三つに折り封筒にそっと入れた。

絹目の白封筒の表に東京都大田区田園調布○×○番地　御代恵様と記した。切手も貼った。封筒の裏には轟圭介の名と住所も記した。

轟は宛名をもう一度しっかり目に焼き付けた。縁側から下駄を突っ掛けて庭に出た。

庭の片隅に家庭用ゴミ焼却炉が置いてある。ほとんど使っていないせいか中は錆《さび》を含んで茶色く変色した雨水が溜っている。ひっくり返して捨てた。古新聞を入れマッチで火を点けた。一瞬オレンジ色の炎がパッと大きく舞い上がった。

轟はもう一度、封筒を慈《いつく》しむように両手でしっかり包み込んだ。

炎が細っていった。恵へ愛しさを込めて書いた生涯で一度のラブレターから手を離した。細った炎が一瞬大きく立ち昇り、風船が萎むように細って消えた。焼却炉の底に炭化したラブレターがほぼ原形のまま残っていた。原形の上に水滴が落ちた。それは轟の涙だった。ラブレターのその部分が崩れた。偶然だろうか恵の文字の上だった。

俺も歳かなあ、涙腺がゆるんじゃって、呟いて目尻を小指の先で押さえた。ふと梅の枝に目を遣《や》ると先ほどまでいた小鳥の番《つがい》がもう飛び立っていた。

轟は大事なものを失ったような気分に引っぱり込まれ無気力な自分に気付いた。それでも瞼の裏に恵の面影がはっきりと張りついた。年甲斐も無く逢いたい衝動が胸の中で渦巻いた。考えても詮無いことと分かっていながらも逢いたい気持ちを捨てる勇気が還暦を過ぎた男には無かった。この時、轟の心中に未練の文字が張りつき様、恵の面影に重なった。恵への愛おしさがマグマのように噴出した瞬間でもあった。

焼却炉に水を掛けた。燃え尽きたラブレターの原形は一瞬にして跡形もなく消え焼却炉の底に灰色の小さな水たまりが僅かに残っていた。

寂しい気分を引き摺ったままリビングに戻った。推し測ったように電話が鳴った。若しや恵からでは淡い期待がふくらんだ。期待は裏切らなかった。「おじさん」何時もと変わらぬ透き通る恵の声が鼓膜を小さく揺さ振った。

「今日、遊びに行ってもいいですか…」

轟に異存はない。恵は初めて「遊び」の文言を使った。この行為は轟に対してより親密感を深めた証のひとつだった。

「いいとも」年甲斐もなくテレビの流行《はやり》言葉を軽い調子で口にした。

「お昼前に着きます。お弁当作って行きますから、お昼食べないでね」

恵の電話で轟の胸にこれまで以上の近親感が広がった。さっきのラブレターの気持ちが通じたのか、絶対にそうだ。独《ひと》り善《よ》がりを決め込んだ。胸に淀《よど》んでいた暗い霧はすっかり晴れに変わっていた。さっきまでの落ち込みは何だったのか、轟は苦笑いの表情になっていた。

恵が折角弁当を作ったのだったら高尾山へのハイキングも一興と思いついた。

恵に折り返し電話を入れハイキングを提案した。吉祥寺駅ホームで待ち合わせた。恵はローズピンクのセーター、白のロングパンツ姿で階段を駆け上ってきた。銀座で初めて見た時と同じ服装だ。ホームを行き交う乗客の目が恵の容姿を追っている。轟は何故か誇らしい気分になっていた。

十二時前の中央快速高尾行の車内は比較的空いている。乗客の目が時折、二人を射す。轟と恵の関係を知ろうとしている目だ。約四十分で高尾駅に、そこから京王線に乗り替えて高尾山口へ。日曜日のせいかミニハイカーであふれている。

山頂へは沢沿いから徒歩で頂上を目指すコースと、ケーブルカーだと清滝駅、リフトだと山麓駅、同じ出発地点ながら駅名だけが違う。

「ケーブルカーとリフトどちらにする」

「リフト、おじさんと二人で乗れるもん」

恵は即答した。まるで小学生のようにはしゃいだ声を出した。二十分待ちでリフトに乗った。下ってくるリフトとすれ違った。小さな女の子が手を振った。恵も同じ動作を返した。母親は会釈した。淑やかな表情に轟は恵の母まゆみを重ね合わせていた。ちらっと恵の横顔に目線を移すと、気配で恵も目線を返してきた。可愛い笑顔がそこにあった。言葉は無かったが二人の表情は以心伝心を感じ取っていた。リフトは十数分で山上駅に着いた。清滝駅を出発したケーブルカーはリフトに比べ走行距離が少し長く時間も掛かる。到着駅は高尾山駅。

両駅で降りた行楽客は列を成して山頂へと続く。参道沿いの飲食店、みやげ物店から客引きの声が方々から飛んでくる。この風景は行楽シーズンの風物詩のひとつだ。

恵と轟は浄心門を通り、薬王院へ百八段の石段を轟は息を切らして上る。轟に比べ恵は若い。十数段上から「おじさん頑張って」声を掛ける余裕すらある。轟はここでも歳の差を痛切に実感した。

薬王院で手を合わせ頂上を目指す。

恵が持参した心尽くしの弁当は轟の気持ちを癒すのに十分だった。

高尾山は東京都八王子市に、標高五九九メートル。新緑、そして紅葉が有名で東京西郊の行楽地として季節ごとに多くの行楽客で賑わっている。

久しぶりに英気を養った気持ちの高尾山ハイキングから一週間が過ぎようとしていた。

轟は自分史の最終章に取り掛かっていた。その段階で悩んでいた。それは恵の存在をどのように書くべきか、自分史は後世に残る。真実を書くことに意を決した。その道筋の中で恵の存在をさらっと流すことにした。恵に対する好意の感情、それは恵との出会いで取り戻した超遅い青春、日々高まる恵への想いと愛しさは文章にせず、自身の心の中の自分史に止めることにした。表現したい気持ちを抑制しているのが辛いのは歳の差である。この時ほど世の無常を人生六十二年の生き様に叩きつけられた気がした。

還暦を過ぎても轟は正真正銘の独身だ。歳の差さえなければ感情をありのまま表現できただろう、しかし歳の差は歴然としている。いかんともしがたい事実である。しかし恵の出現は轟にとって生涯に一度の天使との出会いであった。純真無垢《じゅんしんむく》の娘御である。轟の六十二年間の人生において、これだけ心を強烈に揺り動かしたのは、恵以外にいなかったというより考えられなかったというのが本音である。

自分史の最終章には恵の存在を「純真無垢《じゅんしんむく》」な娘御の出会いとだけ記した。轟自身、この文言で十分満足した。

恵への愛しい感情は全て轟の心の中の自分史に克明に書き綴った。

何かを付け加えるとしたら轟の残り少ない人生に光明を点したと…。しかし年齢差故に、哀しい光明であることもまた事実だ。それは轟圭介だけの青春譜であり、青春が巡り合わせてくれた恵への感謝である。

自分史の編纂も大詰めを迎えていた。ふり返ってみると一年余が過ぎていた。書き進むうちに改めて人生の奥深さを知った。それは忘れかけていた過ぎし日々の出来事がペンの進み具合に合わせるかのように鮮明に脳裏を駆け巡っていた。

庭の片隅で鈴虫が鳴き始めた初秋の夜、原稿用紙の枡目の最後に「了」を入れてペンを置いた。その瞬間胸の中に空洞めいた寂しさがぽっかりと広がった。その時、轟の前に恵が正座していた。ご苦労さまでした。恵が労いの声をかけた。現だろうか、幻影だろうか、轟はどちらでもよかった。恵に心が通じたことだけは事実だと信じた。

鈴虫の鳴声を聞いた夜から二カ月が経過した。

そして季節が移ろい街路樹も青葉から茶色に変わり枯葉が舞いはじめていた。路面に落ちた枯葉が師走間近の風に追われてカラカラ軽い音を立てて転がっていく。

今朝、轟の想いの詰まった自分史二百部が出版社から届いた。小分けにされたクラフト紙の包みを解くとインキの匂いが鼻先に少し漂った。懐かしい何かに出会ったような気がした。手にした時、意味もなく涙がこぼれた。その涙が自分史の表紙に落ちた。小さな染みができた。ページを捲ると一行、一行の文章、一枚、一枚の写真に感慨深いものを感じる。

その感慨は海外赴任地であり、パリの夜であり、恵と出会った銀座であり、バー恋の欠片や喫茶店山彦、何よりも恵のくれた唯一度の接吻など想い出の感慨だった。

轟は御代画伯、まゆみ、恵をはじめ関わりのある友人、知人に思いを込めた手紙を添えて贈った。自分史を発送してから三日過ぎに恵から電話があった。

「素晴しい自分史の完成おめでとうございます。わたしおじさんと二人だけで出版のお祝いをしたいわ。場所は本の中に出てくる銀座の浩寿司さんで、全部わたしに任せてくださいね。準備ができたら連絡します」

恵は楽しそうな声で用件だけを伝えると電話を切った。轟はうれしかった。「二人だけで」の言葉に胸が熱くなり、年甲斐もなく動悸が早鐘のように体を巡った。轟は書棚から自分史を持ち出した。ページを捲っていくうちに御代画伯家族と撮った写真に並んで恵と二人だけの写真が出た。捲る手を止め恵のやさしい表情に目を移した。写真の下に「純粋無垢な娘御との出会い」と記してある。轟の想いのこもった文字だ。写真の中の恵は、何かを語りかけている表情に見えた。いつかの夜の「おじさん目を瞑って」と言った時の表情に似ていると思った。

　思い出した刹那、誰もいないリビングに、あたかも周囲には人の目があるような錯覚の中で面映さを覚え顔が赤らむのが自分でもはっきりと分かった。ちょっと待てよ、何時か誰かが言っていたなぁ、現代は人生七掛けだ。その方式でいくと俺は今、六十二歳だ、七掛けすると四十三歳。恵は二十三歳だ。決して釣合いのとれない歳でもない。いや待てよ、恵二十三歳の七掛けなら十六歳か、これは犯罪だ。苦笑いがもれた。先日も七十歳になる男性コメディアンが二十三歳の女性を娶ったと話題になった。

　轟は現実離れした夢のような戯言《ざれごと》を考えていた。轟本人は気づいていないが顔はかなりにやけていた。轟は四十三歳の妄想をふくらませていたのだ。恵のウエディング・ドレスを着た姿を思い描いていた。その傍に当然のように晴れがましい轟の姿がある。轟は恵との写真を前に妄想の中にどっぷり入り込んでいた。来るはずのない将来の夢を見ていた。傍には当然のように恵が微笑んで轟の語る将来像を楽しそうに聞き入っている。そこは楽園の中の二人だけの世界が展開していた。妄想の世界を壊すように電話の音で六十二歳の現実に引き戻された。轟は不満気に受話器を取った。もう少し妄想の中にいたかった。

「モシモシ御代です。今、家内とニューヨークにいます。今日、恵から自分史を受け取りました。おめでとうございます。恵がお祝いの会を考えているようですが、わたしは間に合いませんので、帰国してから改めてお伺いします。恵をよろしくお願いします」

轟は御代画伯の声に身を正した。

「わざわざありがとうございます。ニューヨークへはお仕事で…」

「ええ来春に個展を開催する話が進んでいまして…」

「それはおめでとうございます」

予期しない御代画伯の国際電話に、妄想の世界から抜け出したばかりの轟は戸惑いを感じながら電話を切った。

柱時計に目を遣《や》ると十一時三十分を指している。山彦のコーヒーが恋しくなった。自宅を出て井之頭通から山彦へ向かった。吉祥寺の街は相変らず人で溢れ返っている。山彦へ顔を出すと今日は珍しく初老組の野辺、当野の二人だけだ。鳩首会談《きゅうしゅかいだん》ならぬ何やら額を寄せ合って談合している様子だ。轟の顔をみると一斉に顔を離した。そして二人は打ち合わせたように「やぁ」声を合わせ右手を上げた。

「やあ」轟も一応返した。相変わらず仲良し初老コンビだ。

轟は珍しくカウンターに腰を下ろした。

ママも心得たもので何時ものメニューを用意する。サラダ用のドレッシングだけを日変わりで轟が注文した。

「ママは轟さんには待遇がいいよなぁ」

当野が横目でママを見ながらまるで子供のように愚痴る。

「轟さん、あんた大した文才だね。さっきここで自分史を見せてもらったが、まるで俺たちの人生とは段違いだね。外国生活も長く英語やらフランス語やらペラペラなんだ、おどろいた、おどろいた」当野が羨望の目を向けた。

「あの娘さん、恵って言うんだ。偉い画家の娘さんと付き合えるんだから、ほんに羨ましいったらないよ」野辺も当野の言葉尻を追った。

「野辺さん、よそのお嬢さんを呼び捨てにするもんじゃあないわよ、失礼よ」

ママがきつい口調でたしなめた。

「悪かった。轟さんごめんよ」

野辺は軽い口調で口先だけで謝った。

当野が椅子から体を捩るように轟の背中に「これから恵さんとやらをどうするつもりなの、結婚でもするの、結婚したら身がもたないんじゃあないの…」目尻を下げ眉をピクつかせて下世話な言い方をした。轟は次元の低さに何時もながら呆れ二人からの会話を無視した。

「当野さん相変わらず品がないわね。そろそろパチンコに行く時間でしょう。早く行きなさいよ」二人組が長居すると何を言い出すか分からない。ママは暗に退席を求めた。

「俺たち嫌われ者だからそろそろ退散するか、ママさん好い男には気をつけなよ」

轟のことを意識しているのだろう野辺が初老組のリーダーを気取って捨て台詞ともとれるひと言を残して山彦を出た。

「轟さんごめんなさいね。あの人たち嫉妬してんのよ」

「ママが謝ることはないよ。いつものことで、ぼくなら彼らには馴れっこになってるから」

「やっぱり轟さんは器が大きいわねえ。コーヒーお代わりしましょうか」

冷めたコーヒーを一気に胃に流し込んでカップを返した。二人が立ち去ったあとにタバコの強烈な匂いだけが残った。野辺を筆頭に当野、関山もヘビースモーカーだ。ママが手で匂いを払う仕草でコーヒーをサイフオンから注いだ。

「あの二人組も関山さんも独り身で同じ環境だから仲良しさんなんでしょうね」

ママが三人の間柄を呟いた。三人とも男やもめだから仲良しだか、どうだか分からないが、何時も連んでいるのだからそれなりに仲良しなんだろう。

「ねえ、聞いた。この前ね、当野さんが言ってたけど、関山さんがどうも結婚するらしいのよ」

珍しく山彦のママがうわさ話を口にした。

「おめでたいことでいいじゃあないの」轟は素直に祝いを口にした。

「それがね、どうも人妻Xらしいの。行きつけのパチンコ屋で知り合ったようよ」

「人妻Xってどういうこと」

「女性の得体が分からないからそう呼んでいるらしいの」

「人妻とは穏やかじゃないね。ひと悶着《もんちゃく》なければよいが…」轟も人妻と聞いて人ごとながら心配心が出た。

「わたしもそれを心配しているの…ああ見えても悪い人じゃあないでしょう。相手のXさんは朝からパチンコ屋に入り浸っているらしいの」ママも人妻Xの素性を訳ありと思っているのだろう。

「野辺さんあたりが注意するのが友情だと思うけどね」

「言ったらしいんだけど、今は舞い上がっているから、聞く耳をもたないんだって。今日もパチンコ屋でデートらしいの」

「ああ、それで今日は二人組なんだ」轟は二人の様子が分かり納得した。

「そのうち、ご亭主でも出てきたら修羅場になるわよ。怖い、怖い」

「関山さんって相当な資産を持っているってうわさだろう、ママ知ってる」

轟はコーヒーを一口胃に落としてママの返しを待った。

「かなり前の話だけどね、親の財産を引き継いだって言ってたわよ」

「関山さんにも春到来ってところだね」轟は関山の嬉しそうな顔を想像した。

「轟さんみたいに氏素姓がはっきりしていれば、わたしも心配しないんだけどね。朝から人妻がパチンコ三昧じゃあ、誰だって心配するわよ」

「で、その女は、いやXは」

「野辺さんの話だと歳は四十五、六歳で小股の切れ上がった小柄ないい女だそうよ。わたしと違って女盛りの色気がぷんぷんだって…」

「そんな女が何で…、関山さんだって分別の分からない歳でもないのにさ」

轟は自分の年代を関山の年代に重ねてみた。お互いに分別のつく年代だ。

「一度聞いたことがあるんだけど、随分前に離婚したらしいの、だからもう何年ももめ暮らしでしょう。だからつい魔が差したんじゃあないかしら」

ママが関山の小さな情報を漏らし表情をくもらせた。

「関山さんバツ一なんだ。だったら結婚したっておかしくないよ」

そんなことがあったのか。轟は関山の過去の一端を初めて知った。美人局《つつもたせ》なんかに会わなきゃいいんだが、ゲジゲジ眉を思い出しながら心配が過った。野辺や当野の話だと、最近、新宿のホテル街で二人の姿をちょくちょく見掛けたと言うのだ。どうやら野辺たちは関山の最近の変化を心配して二人を尾行していたらしい。野辺たちは友人なりに関山の行動を諌めようとしていたのだ。

「そんなことで今は一対二になったらしいのよ。恋の欠片のママも言ってたわ。関山さんこのところ顔を見せないって…」

学生風の男女が入ってきたのを潮に、関山の話題は中断した。轟も席を立った。吉祥寺の街は相変わらず若者でにぎわっている。轟はにぎわいを横目に自宅へ急いだ。途中でおや、轟の目の端に二人連れの男女が入った。さっき、うわさをしていた関山と女だ。だとするとあの女が人妻Xか、すれ違う通行人が不思議なものを見るようにふり返る。そんな周囲の目など意に介する二人ではない。あたかも恋人のように人妻Xは関山の腕にぶら下がる仕草で密着している。確かに好い女には見える。歳は四十五、六だろう。しかし服装と歳に何か違和感がある。スカートが歳の割には短すぎる。まるで二十歳前後の娘の格好だ。何人もの通行人がふり返るのは、ださい格好の関山と膝上二十センチもある派手なミニスカート姿の組合せである。当の二人は周囲の目を気にする風もなくパチンコ屋に向かった。関山にいたっては顔全体が喜色満面を超えて好色面になっている。

入口の自動ドアが関山と人妻Xの動きにセンサーが反応して開いた。チンジャラ騒音と一緒にパチンコ屋独特の匂いが通行人の鼻先を掠めて外気の中に消えた。関山と人妻Xが入ったあとを追うように訳ありそうな二人の男が入った。人妻Xはサングラス男にチラッと目を遣ったが、関山は、Xの行動に気づかなかった。二人ともサングラスを掛けている。只の客か、それとも関山に曰《いわ》くのある男か？　三時間ほどしてサングラスの男二人が出てきた。手に何やら持っている。そのままパチンコ店の裏手にある景品交換所で何枚かの一万円札を受け取り駅の方へ立ち去った。

関山と人妻Xもパチンコ店から出てきたのは入ってから三時間が経過していた。サングラス男と同じ行動をとり、関山が受け取った何枚かの一万円札を人妻Xに手渡している。この時、ゲジゲジ眉がどっと下がったような表情をつくった。好色面がここでも表れている。この様子をビルの陰からハンチング帽の男がカメラのシャッターを連続して押して写真を撮っている。関山は、この時はまだ高額な代償を払わされることも知らず、人妻Xを腕にぶら下げるように吉祥寺駅へ向かった。ハンチング帽は気づかれないよう二人のあとを追う。時折、物陰からシャッターを切る。この男は、ひょっとして浮気調査専門の探偵か、それとも…

人妻Xがちらっとうしろを振り返った。ハンチング帽が狡猾な表情でVサインをつくり、人妻Xに送った。人妻Xも空いている手を腰の辺りでVサインをつくった。関山はこの仕草を全く気付いていなかった。電車が新宿駅に着いた。関山と人妻Xは人込みの中を歌舞伎町へ向かった。どうやらハンチング帽と人妻Xは仲間うちらしい。人妻Xとハンチング帽の様子を気づいていない関山は嬉々とした表情で人妻Xの耳元に何か囁いている。こんどは人妻Xが関山の耳元で囁いた。関山とXが辿り着いた場所が密会場所の代名詞となっているホテル街だ。それらしいカップルが二人を横目に何か囁き合って通り過ぎた。ハンチング帽がまた、しきりにシャッターを切りはじめた。その時、すでに何も知らない関山に大きな落とし穴が口をあけて待ち伏せていた。

関山がハンチング帽に尾行された日から一週間が過ぎた。スナック恋の欠片へ浮かぬ顔で関山がひょっこり現れた。えらく落ち込んでいる様子だ。見れば顔に青あざがついている。

一方、野辺と当野は恋の欠片へ連日通いつめていた。今夜も印を押したように来ていた。そこへ関山が現れたのだ。現れた関山にママも二人も「おやっ」という表情で関山の顔に視点を当てた。やられたな、三人の脳裏に人妻Xの姿が通り過ぎた。

「ママ、ウィスキーロックで…」

何時もと違う口調で言うと、注がれたウイスキーを関山は一気に呷った。三十五度近いアルコールにゴボッゴボッとむせた。ゲジゲジ眉を上下させ普段の関山の顔ではない顔がそこにあった。ウィスキーで一息ついたのか、

「まいっちゃったよ、まいっちゃったよ」

関山は苦り切った顔で、誰に言うともなく同じ言い回しを低いトーンで二度も繰り返した。

「関やん、例のパチンコ屋の女のことでひと悶着あったんだろう。図星だろう」

「野辺ちゃん知ってたの」

「あれだけ派手な女とべたついて歩いてりゃ、うわさにもなるよ。あんたらの組合せは誰が見たって変だよ。あの派手な超ミニスカートは、四十過ぎの女の服装じゃぁないよ」

「じゃあ当野ちゃんも知ってたんだ」

「そうだよ。もちの論さ。この界隈じゃあ、みんな知ってるよ。知らないのは関山ちゃん、あんただけよ、お人好しもほどほどにしなきゃあ、尻の毛まで抜かれるよ」

関山は頬に残っている青痣を撫でながらまいったの理由を語りはじめた。

ひと月前パチンコ店であの女に声を掛けられたという。はじめはお茶しませんかと…そこからスタートした。日を重ねるうちに食事に誘われたり、映画を観たりと関山にとっては夢のようなデートが続いた。親しくなるうちに男と女の会話で関山の欲望が頭をもたげはじめた。何時の間にかデート費用は関山の支払いになった。やがて関山の態度の変わり目を目敏く見抜いた人妻Xは、自ら欲望の渦巻く男と女の夜へと誘いの声を掛けた。誘われるままにホテルに入った。しかし初日は体調がすぐれないから「ごめんね」のひと言と軽いキス、二度目、三度目も初回と同じ言い訳、それでも次に期待をもたせるような言動に、関山はせがまれるままに二万円、三万円と金を渡していた。多い時には十万円を渡した。こんなことが何回か続いた。とうとう業《ごう》を煮やした関山がどうして体を開かないんだと詰め寄った。

「実は心配ごとがあるの…」

人妻Xは思わせぶりな寂しげな表情で涙を流し、母が癌で入院して手術に百万円が必要なの、今にも本泣きそうな仕草で目を伏せた。お人よしで見栄っぱりの関山は「事情は分かった」ゲジゲジ眉を釣り上げ男気を見せるように百万円を用立てた。人妻Xは「今度は必ずお付き合いするね」ウインクをして期待を持たせた。期待を胸に会う日が来た。ハンチング帽男が出現した日だ。

新宿で目的の場所に近づいた時だ。うしろから肩をポンと叩かれた。振り向いた途端に強烈なパンチを顔面に食らった。鼻血が襟元に散った。関山はその不意打ちで膝から地面にくずれた。

「おれの女房によくも手を出してくれたな、どう始末をつけるんだ」凄まれた。関山は男の剣幕に、しまったと後悔が頭を過った。しかし遅かった。人妻Xは素早く男のうしろに回って「この人が強引に誘うの…わたしは何度も断ったの、それでもしつこく誘うの」さも被害者ぶって真逆のことを口走った。悪女の変わり身の早さに、関山の後悔は先に立たず。

　ホテルから出てきたカップルが三人の取り合わせを珍し気に横目で見ながら急ぎ足で通り過ぎていった。

　関山は手の甲で鼻血を拭いながら、ひたすら「すみません」と連発し頭を下げるが、相手はその筋の強面《こわもて》の男だ。そんなことで引き下がる男ではない。「只ですむと思うな。今、有るだけの金を出せ。さっさとしろ」声を荒げて、またも平手打ちを喰らわせた。関山は財布を上衣のポケットから取り出した。男はひったくるように取り上げ千円札を二枚抜くと関山に投げ返した。「電車賃だ」そのひと言を投げて男は関山の財布を自分のズボンのうしろポケットに入れた。

「明日、電話をするから必ず出ろよ。出なきゃあとでどうなるか分かっているよな」

　関山の上衣の襟を摑んで顔を引きよせ凄んだ。翌日、電話の鳴る音で目覚めた。男は電話でお前に非があるんだよなぁ、凄んだあと「一千万と言いたいところだが五百万にしてやるから、金が出来たら惚れた女に電話しろ。ついでに教えといてやらぁ、あいつは女じゃねぇんだよ。歳食ったニューハーフだよ。だから、おめぇの前で体を開かなかったのさ。少しは女を見る目をもちなよ、そうしないとまた酷《ひど》い目にあうぜ。じゃぁ電話を待ってるぜ、助平じいさんよ」

　男は関山に想定外の捨て台詞を叩きつけた。

関山はその日の夕方、臍《ほぞ》を噬《か》む思いで警察署を訪れ、一部始終を訴えた。警察は一カ月に及ぶ捜査の結果、恐喝と暴行容疑で亭主と名乗った男とニューハーフのニセ女房、ハンチング帽男を逮捕した。

関山はぼそぼそとママと当野、野辺に事の顚末を語り終えるとほっとしたのかゲジゲジ眉が元の位置に戻っていた。

「関山さん、わたし三十万でも五十万円でもいいわよ」何時来たのかスーパー勤めの五十年輩のトメさんと呼ばれている女性が肩越しに声を掛けた。

「馬鹿言え、もう懲《こ》り懲《ご》りだよ」

関山は顔の前で手を左右にせわしく振った。よほど懲りたのだろう。まだゲジゲジ眉が下がった。

轟は関山と人妻Xの件を数日後に山彦で知った。おもしろおかしく取沙汰された関山の一件は人の噂も七十五日と言うが、関山の噂はたった十日で消滅した。

十三　轟と恵 二人だけの祝い

恵から電話が入ったのは関山のうわさ話が消滅した日から三日後である。

自分史の完成を祝って二人だけのお祝いの会を明後日の日曜日、夕方六時から「浩寿司」に予約したという。当日、吉祥寺まで迎えに来るともいう。そこまで大袈裟にしなくてもと思ったが恵の好意を素直に受けることにした。当日の朝、電話の鳴る音で目覚めた。時計は六時を指している。こんなに早く誰だろう。携帯を取ると、

「おじさん、お早うございます」恵の爽やかな声が鼓膜を叩いた。

「十一時に吉祥寺駅で待ってます。それからね、銀座で観たい映画があるんです。一緒に行ってくださいね」子供が親にあまえるような仕草が電話の向こうから伝わってくる。轟は電話を切るなり「うおっ」歳甲斐もなく鬨の声をあげていた。

「よし今日は七掛人生で行くか、四十五歳、四十五歳」呪文を唱えるように洗面所へ向かった。鏡の中の轟は若返っていた。四十代の轟に戻っていた。「よし」轟は自らを鼓舞するように両頬を両手でパンパンと叩いた。

気分も新たに表木戸を出た所で通りがかりの主婦二人が「おやっ」という表情で轟を見返した。少々派手だったかな、轟は紺のブレザーに白のパンツというかなり若めの服装に後ろめたさを少々感じながら駅へ向かった。恵は十一時きっかりに来た。恵はホームの中ほどから手を振りながら駆け寄って来た。

「おじさん素敵、格好いいわね」

恵は笑顔を見せ、まるで恋人との待ち合わせのような風情がそこにあった。

「あらお二人でお出かけ」背後から声を掛けられた。山彦のママだ。

「今日はおじさんとデートするの」恵はさらっと言ってのけた。その声は二オクターブ上がっていた。

「ママさんは」「山梨の実家へ帰るの」短い会話のうちに上りの電車が轟音を立てて入ってきた。ママとの会話は轟音がのみ込んで途切れた。電車が通過した。ホームは少し静かになった。

「じゃぁ」轟の声のあとに恵が続いた。轟と恵は何時ものルートで銀座へ出た。轟は恵を初めて意識した銀座駅で三愛側の出口に出た。

「ここで初めて恵ちゃんを見掛けたんだよ。恵ちゃんは覚えていないだろうね」轟は、過去を懐かしむように辺りを見回して恵に声を掛けた。

「だってわたし、あの日は急いでいたもん」轟の横顔を軽く睨む仕草をした。

「ポニーテールをゆらして急ぐ後ろ姿が可愛いかったなぁ」

　轟は再現シーンを見ているような眼差しを恵の横顔に戻した。そして辺りを見ると、今日は日曜日だ。銀座はかなりの人出だ。歩行者天国は人で溢れ返っている。恵が観たいと言っていた洋画は評判なのかチケット売場はかなり混み合っていた。映画は恋人を戦場に見送るシーンから始まった。二時間に及ぶ大作だ。上映が終わって場内が明るくなった。女性客のほとんどがハンカチを目に当てている。恵も同じ様子をしていた。

「戦争って残酷ね、悲しすぎるわ」感想をもらす恵の言葉が細っていた。

「そうだね…」轟もそれしか返す言葉がなかった。

「ごめんなさい、楽しい日なのにセンチメンタルになっちゃって」謝る恵の表情に、まだ少し陰が残っていた。

恵は気分を変えるように…、

「歌舞伎座の近くにおいしいコーヒーのお店があるんですって行ってみましょうよ」

恵は轟の左腕に自分の右腕を絡め誘った。傍目にはまるで父親にあまえる娘のように映っているだろう。

轟は恵の肩を軽く押しコーヒー店に入った。評判通りで店内は若いカップル、初老のカップルなどで満席に近い状態だ。コーヒー通の轟を満足させる味だった。一時間も話しただろうか、時計に目を落とすと四時を指している。

「恵ちゃん、少し歩いてみようか」

恵は小さい笑顔で小さく頷いた。轟の好きな恵の仕草のひとつである。コーヒー店を出ると昼の部が終わったのか歌舞伎座のロゴ入りのおみやげ袋を持った観客がぞろぞろと晴海通りへ出てくる。轟と恵は晴海通りから銀座四丁目方面に歩きはじめた。

日曜日の午後の銀座は独特の雰囲気がある。歩行者の全ての顔が笑顔に見えるから不思議だ。晴海通りを五分も歩いただろうか、急にうしろから「アイドルのすみれさんじゃぁないの」、「きっとそうだよ」、「間違いないよ、おれサインもらおう」東京とは少し違うイントネーションの声が恵と轟の耳に入ってくる。誰のことだろう、ふり返ってみると修学旅行中だろうか、中学生の集団が恵と轟のあとについて来ている。恵と中学生たちと目が合った。その時、

「すみません、サインしてください」

一人の男子中学生が言うと同時に数人が、原宿のアイドルショップで買ったのだろう。すみれのプロマイドや手帳を一斉に差し出した。驚いたのは恵だ。スターでもないわたしが何で、戸惑いが広がった。この光景に行き交う歩行者が足を止め小さな人だかりができた。轟も驚いた。「このお姉さんはアイドルじゃぁないよ。君たち人違いをしているんじゃないの？」轟が中学生たちに人違いであることを質した。

「嘘だい、おじさんマネージャーさんでしょう。サインもらってください」ニキビ面の男子中学生がすみれのプロマイドを差し出した。熱烈なすみれファンなのだろう。続いて数人の男女の中学生も同じ仕草をした。何が何でもサインをもらうぞという意気込みだ。

その時、人だかりの中から一人の青年が「君たちこちらのお姉さんは、すみれじゃぁないよ。君のプロマイドよーく見たまえ。右目の下に小さなホクロがあるだろ、

目の前のお姉さんにはないだろう」数人がプロマイドを覗き込んだ。そしてもう一度、恵の顔に目を戻した。

「本当だ。すみませんでした」帽子を取って一斉に頭を下げた。青年も轟と恵にご迷惑をおかけして申し訳ありませんと詫びた。

「君たちすみれファンなの、ぼくはすみれの所属事務所の者だけど、すみれに代わってありがとう。すみれも幸せです。君たちのようなすばらしいファンがいてくれて…。誰か代表になって住所と名前を教えてくれませんか。後日、プロマイドと色紙に直筆のサインを入れて全員に送ってあげるよ」

「やったー」中学生の集団からよろこぶ大きな声が上がった。歩行者が何事かと足を止め集団をちらっと横目に入れて通り過ぎて行く。

そのあと、すみれと瓜二つと、言ってもいいくらい似てますね。と言って再度、ご迷惑をお掛けしました、と頭を下げた。青年は中学生に代わって謝った。中学生も青年に見習って「すみませんでした」謝りの言葉を残し歩行者の流れにのって銀座通りへ消えた。後日、中学生達にすみれの所属事務所から約束通りサイン入りの色紙とプロマイドが送られてきたことを付記しておこう。

「災難だったね」轟が声をかけると、

「ううん、うれしい災難、ちょっと楽しかった。アイドルに間違えられるなんて…」

恵はちょろっと舌を出して小さく笑った。轟はプロマイドのすみれより、恵が数倍、可愛いと思い、改めて横顔に目をやった。そして腕時計に目を落とすと六時に近づいていた。時計を覗き込んだ恵は「あっ、もう六時、急ぎましょう」言うなり、轟の手をつかんだ。そのまま二人は歩を早めて浩寿司へ向かった。

浩寿司では店主の計らいで個室が用意されていた。

「今夜は轟さんのお祝いだからってお嬢さんが赤と白のワインを用意されていますよ、料理はあっしがお二人のために腕をふるいますからお楽しみに」店主が左腕を突き出し右手でポンと叩いた。

「用意が整いました」女将が声を掛けた。見事な祝膳が主の出番を待っていた。

「おじさん、自分史の出版、おめでとうございます」

「こんなにしてもらってありがとう。作家じゃぁないんだから照れるなぁ」

轟は思っていた以上の祝膳に戸惑いも感じていた。轟と恵は赤ワインのグラスを手にした。

「乾杯」カチン、澄んだ音色が小さく響いた。

「今夜はほんとうにありがとう。こんなうれしいことはないね。感謝です」

「これ、わたしから…」

恵は赤いリボンで結んだ女の子らしい手づくりの包みを差し出した。

「ありがとう、開けていい」

包みを開けると紺色のVネックセーターが入っていた。裾の部分に白糸で小さく「K／M」と刺繍でイニシャルが入っている。

「これは…」

轟がイニシャルを指差した。

「ママに教えてもらって、おじさんとわたしのお揃いで手編みしたセーターです。着心地悪かったらごめんなさいね」

恵は照れくさそうに広げたセーターを畳み直して化粧箱に納めた。轟は恵の畳む仕草に新妻の姿を重ねていた。

「本当にありがとう。K／Mってのは、ぼくの圭介のKと恵ちゃんのMってこと？」

「そう、おじさんと出会ってからいろんなことがあったでしょ。記念に入れちゃった」

またも照れながら茶目っけな仕草で小さな笑顔をみせた。轟はうれしかった。身に纏《まと》うものに恵のイニシャルが入っていようとは想像すらしたことがなかった。この歳で有り得ないことが現実となって目の前に出現している。胸の中で、うれしさがマグマのように膨れ上がった。

「恵ちゃん本当にありがとう。大事に着させてもらうよ」

轟は両の目にうっすらと涙の幕が下りるのを意識した。恵の両手をしっかりと自らの大きな手で包み込んでいた。それは自然な行為だった。轟はこの先どれだけの歳月を生き存《なが》らえるか、自分は勿論、誰にも分からない。それなら尚更のこと、恵の存在をこれからも大事にそして己の生命のある限り一番の宝として心の中にしっかりと留めることを決めた。

「おじさん、さっき赤だったから今度は白ワインで乾杯しましょうよ、紅白で本当のお祝いになりますもの」

恵らしいロマンチックな言葉で再びグラスを合わせた。

「轟さん」女将が声を掛けた。

「ハイ、これ夕方届きました。立て込んでいたので遅れてすみませんでした」

女将が差し出したのは、浩寿司気付で轟宛の国際電報だった。差出人はニューヨークに滞在中の御代画伯から自分史出版の祝電だ。

「恵ちゃん、お父さんからだ。うれしいねぇ」

電文にはまゆみからも祝文が併記されていた。轟は声を上げて読んだ。そうしたい心境だった。轟はここでも幸せを感じた。

「恵ちゃんにぼくからプレゼント、何時も仲良くしてもらっているお礼に…」

轟は小さな赤いリボン掛けの包みを恵の前に置いた。小粒のダイヤを周囲にあしらったペンダント型の時計だった。

「うれしいわ、おじさんありがとうございます。大事に大事にします」

恵は慈しむように時計を両手で包み首に掛けた。清楚な恵によく似合う。ダイヤが照明の光を受け胸元でキラキラと小さな光を放った。まるで幸せの光が放たれたように…。

「おじさん、これを…」

恵は自分の腕からアナログの上品な女性用時計を外し、わたしからと差し出した。

「そんな大事なものはもらえないよ」

「いいの、恵だと思ってもらってください」

恵は恥じらいを含んだ表情で断る轟の手に時計を押しつけた。恵はいままでのわたしの呼称を恵と言い換えていた。恵の気持ちの中で轟に対して微妙な変化が起きはじめていた。

「これは恵ちゃんの分身だと思っていただくね。これから大切にするね。ありがとう」ブレザーの内ポケットにそっと納めた。ポケットの中でアナログ独特の時を刻む音がする。それはまるで恵の鼓動が轟の胸を打つ気がした。その鼓動は轟自身の胸の高鳴りでもあった。

店内が立て込んできた。時計に目を落とすと八時を指している。

「おじさん今夜のお祝いを記念して写真を撮りましょうよ。女将さんお願いします」

この時、恵の心中に轟と何時までも一心同体で居たいという気持ちが芽吹きはじめていた。

恵は小さなカメラを渡した。

「ニューヨークのパパとママに送ってあげようと思うの。おじさん好い顔してね」

恵は乾杯の仕草の他に、店主と女将さんを交えて数枚の写真を撮った。その夜は浩寿司店主、田尻浩一の心尽くしの祝膳で素晴らしい祝いの会となった。轟は今夜ほど一生で一番幸せな時間を過ごせたことに心の中で再び恵に感謝と礼を伝えた。

「恵ちゃん、今夜は本当にありがとう。そろそろ帰ろう…」轟の声に恵は胸元の時計に目を遣った。九時前を指している。

「ワインで少し酔ったみたい。今日、二度目の銀ブラしましょうよ。いいでしょう」

恵は甘えるような目で轟にせがんだ。目のふちがほんのり赤みを帯びている。常連客のサラリーマン三人連れが入ってきた。入れ替わるように轟と恵は浩寿司を出た。

二人は銀座通りを七丁目から四丁目方向に歩いた。通りの両側は平和を享受するかのように男性向け、女性向けのファッションから宝石、時計、和装、洋装、小物など高級志向の商品がきらびやかに銀ブラ族の目を楽しませている。食もレストランから割烹、小料理店、和菓子、洋菓子が軒を連ねている。

「アイドルのすみれさんだ」

轟が突然耳元で囁いた。昼間、修学旅行の集団と出会った四丁目まで来ていた。轟は少しの酔いも手伝って揶揄したのだ。

「おじさん、わたしは普通の女の子です」

恵は小さな睨みを返した。それでも恵はなぜかうれしい気持ちもあった。周囲は銀座独特の風景で往来する歩行者も全てが楽しそうに見える。

和光時計店屋上の時計塔が夜空を背景に十時前を指している。轟はタクシーを停め、恵を先に乗せ田園調布と告げた。タクシーが走り出すと、振動が心地よいのか、恵は目まぐるしかった一日に疲れたのか、轟の肩に頭を預け、軽い寝息をたてはじめた。寝顔はまるで十代の少女のようだ。

「間もなく田園調布ですよ。停める所を言ってください」運転手がぶっきらぼうな聞き方をした。「次の信号を通り越して十字路を右に曲がった所で」轟は何度か送って来た道だ。いつも下車する場所を告げる。

恵は小さな寝息をたてている。このまましばらくそっとしておきたかった。

「恵ちゃん、もう少しで着くよ」肩を軽くゆすって耳元に囁いた。恵はぴくんと身体が動いて轟の肩から頭をはなした。

「夢見てたの、おじさんと外国旅行へ行っているの、何処の国だか分からないけど楽しい夢だったわ」

　タクシーを降りると街路灯の明かりが二人の影をアスファルトの上に短く映した。石垣の続く大きな屋敷の中からボーッと明かりが漏れてくる。人通りはない。辺りは夜の帳にすっぽりと包まれている。月明かりの東の空から小さな光が流れた。「あっ、流れ星」恵が呟いた。

「えっ」轟が見上げた空には数えられるほどの星が小さく瞬いているだけだった。

「東京の空には星が少ないわ。去年夏にね、秋田へ旅行した時に見た夜空は、星が降るっていう表現がぴったりで本当にきれいだったわ。満天の星って素敵よ、おじさんにも見せてあげたかったなぁ」

　言いながら恵はちらっと轟を見上げた。

　たわいのない会話を交わすうちに御代邸の二百メートルの近くまで来ていた。静かな夜道を愛しい恵と歩くことなど考えたことがなかった轟にとって、今夜のこの時間ほどロマンチックという文言を実感していた。その反面でまたも歳の差が脳裏を過った。

「おじさん、今日は一日本当にありがとうございました」

「お礼を言うのは、ぼくの方だよ。こんな楽しいことはもう二度とないだろうなぁ……」

轟は寂しそうに呟いた。呟きの裏に切なさと暗い気持ちが張りついた。

「そんな寂しいこと言わないで、これからもまだまだ楽しいことといっぱいあるわ。絶対にあるわよ」

轟の呟きに寂しさを感じた恵は「楽しみはまだこれから…。わたしがいっぱいつくってあげるね」と言葉を再度添え、そっと彫りの深い男らしい轟の横顔を見上げた。還暦を過ぎた老いの人相ではない。その時、

「おじさん…」恵の声は小さいが叫びにも似た呼び方をした。恵の手が自然に轟の手を捉えていた。何故かそうしないと轟がこの場から、このまま消えていきそうな気がした。恵の細やかな心情を知ってか知らずか、轟も恵の行為を極自然に受け入れていた。恵は轟の手を通して、これまでの轟の温もりと違う感触をはっきりと感じとっていた。それは好きという感情が轟の心の中で迸《ほとばし》りはじめていた。

二人の脇を千鳥足の中年男が酒の匂いを微かに残して通り過ぎた。

「おじさん、今夜の写真を二、三日したら持って行きますね」会話を交わすうちに家の近くまで来ていた。三十メートルほど先の街路灯が辺りを弱く照らしている。轟は時計に目を落とした。何故か去りがたい気持ちが…それでも今夜はここまでと歳の差が別れを告げてきた。

「じゃぁ、おやすみなさい」轟は声を掛け踵《きびす》を返した。

「おじさん、ちょっと待って…」

ふり返ると突然「おじさん大好きです」強い口調で言うなり、伸び上がるようにして轟の口を自分の口で塞いだ。

雲が月明かりを遮った。街灯だけが二人の影を路面に薄く映しているだけの静かな夜だ。

恵の唐突な行動に轟がこれまで愛しいと想っていた潜在意識がはっきりと目覚めた。恵の行為に反応するように華奢《きゃしゃ》な恵の身体を強く抱きしめていた。時間にすれば何秒かの出来事だった。この時、轟はこのまま、ここで時間が止まればと思った。

しばらく間をおいて今度は「圭介さん大好きです」

恵は精一杯の愛情表現に初めて圭介の名を呼んだ。緊張と感情の高ぶりのせいか、声が掠れ語尾が薄れていた。恥じらいを隠すように轟の厚い胸に顔をうずめた。恵は年齢差を超えて愛を告げる対象が、圭介であることを認識した瞬間だった。恵の脳の中で愛のマグマが弾けた瞬間だった。それは二年の過ぎし歳月の中で轟が口には出せない想いが、恵を目覚めさせたのだ。しかし轟は六十二歳の年齢を現実から消すことはできなかった。恵を知れば知るほど苦悩がつきまとい自《みずか》らの口から想いを告げることはできなかった。そこにジレンマに陥る自分の苦悩があった。更け行く帳の中で自動車の排気音が近づいてきた。轟はそっと恵を離した。恵は照れをそっと隠す仕草で

「おやすみなさい」挨拶を残し二度、三度と振り返り手を振って門扉の中に消えた。恵も今夜ほど、圭介を恋しいと心を残したのだ。

今夜、初めて圭介と呼ばれた。これまで聞き慣れたおじさんから、本名を呼ばれたことに歳の差を重ねてみた時、違和感を覚えながらもうれしさは変わらなかった。変えたくなかった。

独りになり帳の中で現実に戻ってみると、再び年齢差の障壁が立ちはだかり「好き」と言われた裏に悲哀が張りついた。恵はこれから先の人生がまだまだ長い。自分にはどれほどの人生が残っているのか…。恵を迷わせるような言動は慎まなければと、自分に言い聞かせながらタクシーの拾える街道に出た。時計に目を落とすと日付が変わって午前零時を指している。深夜でも何台ものタクシーがかなりのスピードで走り去って行く。轟は空車のタクシーに手を上げた。

そのころ恵は自分の気持ちが轟の中にしっかりと移りはじめていることに、はっきりと気づいた。今日の行動でこれまでの自分から脱皮しようとしていることをはっきりと意識した。大人になったのかなぁ、誰も居ない空間に呟いて辺りを見回した。「淋しいね、わたし独りだもの」再び呟いて浴室へ急いだ。浴室内は恵の存在で一気に花がさいた。

恵の身体を纏っていた衣服が完全に足元に落ちた。白磁にも似た艶やかな裸身が現れた。胸元の時計が揺れた。轟からのプレゼントされた時計を慈しむように両手に包んでそっと脱衣棚の下着の上においた。時計のダイヤがキラキラと小さな輝きを放った。浴室に立った恵の裸身は浴室灯の明かりを受けてビーナスのように際立たせた。

恵はシャワーを全開にし頭から一気に裸身へ浴びせた。白磁の肌は勢いのある温水を吸収することもなく、粒となって足元の白いタイルの上ではじけ散って渓流のように排水口に流れ込んでいった。

穢《けが》れを知らない二十五歳の恵の肌は十代の若さを保っている。白磁の肌はうっすらと油を掃いたように艶やかさを保ち、裸身に当たり散る温水の水滴は、まるでワルツのリズムにのっているような、軽やかな水滴のおどりを演出している。

女の秘処を覆う叢《くさむら》へ集中した温水の水滴は細い糸しずくとなって足元に落ちる。まるで雨垂れのようだ。乳白色の浴室灯に包まれた恵の裸身にシャボン玉が戯《たわむ》れる。まるで浴室に現われた妖精の舞のようだ。やがて肌は、ほんのりと紅が射しはじめる。口では表現できないほどの艶やかな紅色に変化してくる。恵の一日で一番美しさを現わす瞬間だ。まだ、誰にも見せたことのない、恵だけの神秘の世界が開く瞬間でもある。美の女神がそこに存在していると言っても過言ではないほどに美しい恵の裸身である。

この神秘の世界に最初に足を踏み入れるのは誰だろう。恵は圭介だろうと動物的に直感した。それだけ恵のなかでは、圭介の存在が大きくふくらみはじめていた。シャワーを済ませた。身体も気持ちもさっぱりした。平常の恵に戻っていた。

ベッドへ身を投げ出しウーンと両手を上げ背伸びした。純白のシーツに恵の身体の浅い凹みができた。天井に目を遣った。丸い大きなシーリングライトが淡い光を放射状に放ちベッドの上の恵をやわらかく包んでいる。パジャマの下の谷間に双の房が程好い高さを保っている。美しく可憐な寝姿だ。

両親はまだニューヨークに滞在している。家の中は物音ひとつなく静まり返っている。恵は枕元のリモコンスイッチでシーリングライトの光量を常夜灯に切り替えた。部屋は濃いグレーの空間に変わった。すでに日付は変わっている。昨日の疲れがでたのか目蓋に幕が下りてきた。頭の中が白みかけたその刹那、常夜灯の中に轟の影を見た。恵が見た轟は三十代の若さに戻っていた。恵の気持ちが高鳴った。捜し求めていた青い鳥に巡り合ったような感情が全身に走った。精悍《せいかん》な風貌の轟が手を上げて駆け寄って来る。恵も駆け出した。恵の目の前一メートルの所で轟の姿は忽然と消えた。同時に浅い眠りから覚めた。夢だったのか、寂しさが恵の身体を一気におそった。夢でもいい、もう一度さっきの圭介さんに逢いたい。思慕《しぼ》の波が押し寄せてきた。思慕の裏で年齢差四十歳に違和感を覚えながらも違和感を拒否する感情は全く感じないのだ。恵は轟に魅かれていることをはっきりと自覚した。

あれこれ想いを巡らすうちに睡魔の第二波がおそってきた。どれだけ眠ったのだろうか。カーテンの隙間から射し込んできた陽の光で目覚めた。その時、小学生のころから使っている鳩時計がポッポッと七時を告げた。恵はベッドの中で両手を天に向けて「よいしょ」と声を掛け伸びをした。その反動で飛び起きた。お茶目な仕草だ。恵の明るい性格がその辺にあるのだろう。

恵は何時もの目覚めと違うことに気づいた。昨日の出来事が全てを変えていた。恵は今日から新しい出発だと自分に言い聞かせた。

十四　親友、ロンドンへ

今朝の目覚めでこれまで胸の中に靄っていたものが一気に霧散して清々しい気持ちになっていた。

「おはよう、おはよう」

誰もいない静寂な空間に二度声をかけ恵は洗面所へ向かった。鏡に映る自分の顔が昨日までとは全く違う表情に変わっていることに気づいた。それは誰にも見せない轟にだけに見せる愛らしい表情と同じだった。

「ポニーテール、可愛いね」

轟が言った言葉を思い出した。恵はポニーテールを結った。頭を左右に小さく振ってみた。ポニーテールが波打つように左右に揺れてさわやかな香りが立った。昨夜の入浴時のリンスの匂いだ。鏡の中の恵に「今日もよろしくね」恵が声をかけた。そして圭介さん、見てともう一度鏡の中の自分に呟いた。同時に顔に紅が薄っすらと走った。

轟から贈られたペンダント型の時計を胸につけた。時計は恵の胸の谷間で小さく揺れた。時計を縁どるダイヤが鏡に反射して小さな光を放った。その時、電話が鳴った。急いでリビングに戻り、受話器を取る。ニューヨークからだ。

「恵ちゃん、どう元気…」母の声が飛び込んできた。

「とっても…元気よ」

二つの言葉から始まって母娘の近況報告で、二十分近い会話が続き「轟さんにもよろしく伝えてくださいね、また、電話するね」で終わった。

恵は自室に戻りドレッサーに全身を映し斜めに立ち、モデルポーズをとった。このポーズでパパに描いてもらおうかと思いが立った。

「でも、やーめた。わたしモデルじゃぁないもん」ドレッサーの自分に語り掛けた。

「さぁ、今日はどれを着ていこうかな…そうだ、あれにしよう」

またもドレッサーの前で独り問答しながら洋服を選んだ。

夕刻五時に恵は帝国ホテルのロビーで大学時代の親友、琴音と待ち合わせをしていた。琴音は定刻きっちりに来た。正面入口から手を小さく振りながら小走りに来る。まるで揚羽蝶のような華やかさがある。モデルかと見間違えるほどの二人の容姿にロビーを往き交う目が集中する。

琴音は一カ月のちに結婚することになっている。独身最後の会食を恵と一緒にしたいと誘いの電話が数日前にあった。琴音は結婚後は夫がロンドンへ転勤になるので一緒に行くことになっている。しばらく恵と会えないのでと、今日の食事会となったのだ。

恵はロンドンと聞いて轟を思い出した。わたしも圭介さんと一緒に海外を旅行したいと、ふとそんな思いが過った。気持ちに寂しい風が吹いた。でも表情にはださなかった。

「お食事、何がいい、今日はお祝いだから、わたしがうんとご馳走するわ」

恵は琴音の好みを聞いた。

「おすしがいいなぁ…」

じゃぁ決まり。恵は即答した。浩寿司さんっておいしいお店があるの。そこへ行きましょうよ。

「へぇ、恵って銀座のおすし屋さん知ってるんだ。すごいじゃぁない。お父様の関係で…」

「うん、ちょっとね」

轟と同席したことは言い淀んだ。浩寿司へ向かう二人は、まるでモデルと見間違えるほどの美形だ。通行人が振り返るのも納得がいく。浩寿司への道すがら二人はまるで学生時代に返ったように話題が尽きない。

「ここよ」恵がのれんを分けて格子戸を引いた。引く音で包丁を使っていた店主の浩一が顔を上げた。

「おや、恵さん今日は轟さん一緒じゃぁないの？」

恵のあとにいる琴音に目を遣りながら、店主はやや怪訝な面持ちで問いかけた。

「今日はお友達と二人で来たんです。美味しいおすしを食べに。こちら琴音さんです」

「店主の田尻浩一です。ご贔屓《ひいき》に」

美女二人の来店に店主の目尻がちょっぴり下がったように見えた。先客の目も美女二人に集中した。

「恵さん、今夜は何が良いことでも？」

「そうなんです。琴音がもうすぐ結婚するんです。今夜は独身最後の食事を一緒にということになって…」

「そういうことなら、任せてください。精一杯腕をふるいますから」

店主は前のカウンター席に移るよう指差した。

「おーいモデルさん二人がご来店」

店主が奥へ声を掛けた。この声にまた客の目が二人に集中した。店内に二輪の花が咲いたのだ。おやじさん、これじゃぁ店も繁盛するわけだ。中年の常連客が二人に目を遣りながら声をかけた。

奥から美人女将が顔を出した。

「あら、恵ちゃん、今夜はお友達と…」

女将のあとを受けて店主が二人の関係を伝えた。

「それじゃぁ、お店からお祝いしましょう。浩ちゃん、うんとサービスしてあげてね」

女将は浩一より二歳上の姉さん女房だ。器量もいいが、それだけに気風もいい。

「恵、さっき轟さんってお名前出たでしょう、ひょっとして恋人？　春がきたの？」

琴音は箸を箸置きに戻しながら疑問符をつけた。

「そうね。とっても素敵なおじさまよ」

「おじさま…」琴音がトーンの上がった声をだした。「ひょっとして、ひょっとして、あれなの…」言い淀んだあとで「不倫？　駄目よ、恵、まだ若いし、先があるんだからそんなことしちゃぁ、絶対に駄目よ」

「そんなんじゃぁないのよ」恵は轟との出会いから現在までの経過を話した。会話の中で轟に対する心中は伏せた。

「そうだったの、そんなに素敵なおじさまだったら、わたしもお会いしたいわ」

琴音はちょっと羨ましそうな表情で恵の顔に目線を返した。

にぎりにひと息ついたのか「恵さん轟さん元気」店主が声をかけた。

「とってもお元気ですよ」

轟の名前が出る度に恵の気持ちがキュンとして、さざ波が走った。

「お嬢さん、いつ見てもきれいだね。今夜はまた美人が一人増えて…」

カウンターの端から声が掛かった。見るといつかの梅さんと呼ばれていた初老の客だ。

「あら、おじさん、こんばんは…」

恵は笑顔であいさつを返した。

「好い男の旦那は元気かい？」

恵の明るいあいさつに気をよくしたのか下町口調で聞いてきた。気さくな梅さんの話しぶりに琴音も気持ちにほっこりを感じた。

「梅さん、余計なこと聞くもんじゃぁないよ」

店主がちらっと恵に目を遣って梅さんに釘をさした。

「こりゃまた大変失礼しました」

梅さんは自分のおでこをぴしゃりと叩いて猪口《ちょこ》に口をつけた。

「さぁどんどん食べてよ、活きのいいのが勢揃いしているんだから」

店主は美女二人を前にしてワールドすしコンテスト準優勝の腕前をここぞとばかりに振るっている。

「わたし、ひらめ」「わたしはトロ」

食べる合間に轟との関係を琴音が追及する。

「そんなに素敵なおじさまなら、いっそのこと恋人にしちゃえば。わたしならそうするわよ」

恵より活発な琴音は恵を挑発するような言葉を連発してくる。その度に恵の気持ちの中で圭介の面影が躍った。

それは多分に結婚を控えた琴音の幸せな言動が、恵の気持ちの中で無意識のうちに轟へ向けて誘発していたのだろう。琴音の発言が恵の気持ちの中で結婚願望へ向かって膨らんでいたのは事実だ。しかし年齢差を考えたら「ムリムリ」と気持ちの片隅で叫ぶ声があった。その声で恵の頭の中で一瞬時が止まったように、店内が静寂になったような気がした。切なさが胸中に広がったからだ。

「どうしたの急に無口になって。いつもと違うみたいよ」

「ごめんね。琴音が幸せそうだから、つい羨ましくなって…」

恵は轟を結婚の文字に重ねながら本心を吐露した。その反面で切なさが胸中に広がった。恋の重荷だろうか、恵は反芻《はんすう》した。

店内は七時を回ると客が立て込んできた。若いサラリーマン二人が店内を見回して恵の側に座ろうとした。

「お客さん、この席は予約をいただいているんで…それにしても遅いなぁ」

店主は入口に目を遣りながら聞こえよがしに恵に目を戻した。店主はサラリーマン二人が座ると恵たちの会話に割り込んでくるとみて芝居をうったのだ。

サラリーマンは渋々梅さんの隣に座った。サラリーマンは梅さんの背中越しに未練がましく恵と琴音に目線を流してくる。

恵と琴音には、それぞれ想いを入れた人の存在があり、他の男性など相手にするはずがない。恵と琴音が二人を無視したことで、一人飲みをしていた梅さんが、この際とばかりにサラリーマンに話しかけはじめた。

梅さんは開店五時から飲みはじめていた。この時間になるとかなりのアルコールで身体中の血管が膨らんでいる。呂律が怪しくなった口調でサラリーマンに経済がどうの政治がどうのと、挙句の果てには世間への愚痴まで持ち出して絡み始めた。サラリーマンは「ふんふん」と最初から面倒臭そうに梅さんの話など、どうでもよいといわんばかりに鼻で相槌を打つが、気持ちは恵と琴音に傾いており、ちらちらと目線をとばしてくる。

梅さんは梅さんで水を得た魚のようにこの際とばかりに、呂律の回らぬ口調で喋りかける。梅さんのあまりのしつこさに一人がキレた。

「じいさん、少し黙ってもらいたいんだが、俺たち他人だからよ。愚痴なら知り合いにでも聞いてもらいなよ」

ややべらんめぇ口調で怒声に近い声で突き放した。その口調に客の目が集中した。

「梅さん、お客さんに絡んじゃあだめだよ。静かに飲んでくださいよ」

店主がやんわりと注意した。

「琴音、ちょっと待ってて…」

言うなり恵は席を立って梅さんの側に回った。おやっという顔つきで店主と琴音が顔を見合わせた。

「おじさんどうぞ」

恵は銚子を持ち上げ梅さんに声をかけた。

声に反応した梅さんは顔を捩《よじ》るように、うしろを振り返っておどろきの表情をつくった。

そして左右を見回し恵に目を戻しながら、

「俺に」右手人差し指をターンさせて自分を指した。「梅さん、お受けしたら、わたしのお酌より美味しいわよ」女将が背後からやさしい声をかけた。

「どうぞ」恵もやさしく再度声をかけた。

梅さんは猪口を両手で持ち上げ、押し戴くような仕草で恵から注いでもらった。

「あぁ甘露《かんろ》、かんろ」うまさを表現して飲み干した。

「お嬢さん、ありがとうよ。うれしいねぇ、うれしいねぇ」

礼を返す梅さんの破顔一笑に、恵も気持ちにほっこりを感じた。

「もう一杯どうぞ」

「おやじさん、この酒、いつものより、うまいねぇ」梅さんは恵のうしろ姿に目を遣りながら、店主に声をかけた。

恵は二度酌をして琴音の隣へ戻った。

「恵さんはやさしいねぇ、いい奥さんになるよ」

店主が手を動かしながらほめた。ほめた店主の笑顔が何故か、轟の笑顔に似ていた。

恵の今の行動をサラリーマンはうらやましい気分で見るしかなかった。目線だけが未練がましく恵のあとを追っていた。

「恵、あのおじさんとお知り合い？」

「三度ばかりここで会ったの。いつも一人で淋しそうなのよ。同情じゃぁないのよ。隣の二人があんな態度でしょう、だから…」

恵は眉をひそめた。めったに見せない恵のけわしい表情だ。

「そうよね。お店なんだから他のお客さんにも迷惑だしね。静かに言えばいいのに、あんな乱暴な言い方、本当に非常識よ」

琴音も恵に同調した。

そこへサラリーマンの一人がふらつきながらビールとグラスを持ってきた。

「俺にも酌してくれませんか」

二人の前にビールをどんと置いた。

「わたし達とは関係ない人に、何のためにお酌するんですか…」

さっきのサラリーマンの態度に腹立たしさを感じていた琴音が、冷たい笑顔の陰で強い口調で拒否した。

「あのじいさんに酌してたでしょうが」

「じいさんにじゃぁありません。おじさんですよ。お酌したのは彼女の好意です。わたしもおじさんが好きです。でもね、あなた方みたいな図々しい人は大嫌い」

琴音は竹を割ったような性格から恵に代わってぴしゃりと断った。

サラリーマンは琴音の言葉にキレたのか、「はっきりいってくれるじゃぁねえか、美人面するんじゃぁねぇ、あんたみたいな女子はごまんといらぁ」

酔いも手伝ってかサラリーマンが顔面を歪めて大口を叩いた。

「美人と認めてくれてありがとう。恵、わたしたち褒められたことに乾杯しましょうね」

琴音の気の強さが実証されたひと幕だ。

「ほめたんじゃぁねぇんだ。嫌味なんだよ、いやみってこと、分かったか、気取った二人の女」

サラリーマンは、口にするのもはばかるほどの捨て台詞を残して席へ戻ろうとした時だった。「お客さん、あんまりなことを言うとあんたの襟元のバッジが恥をかきますよ。お客さんだけなら、それですんでも会社の恥となっちゃぁ、進退問題ですよ。気をつけなさいよ」

店主はサラリーマンの襟のバッジから目を離しながらソフトな口調でひと言投げた。そのひと言で店内の目がどっとサラリーマンに集中したように見えた。

バッジは誰が見ても分かる大企業名を表す意匠だ。

店主のひと言でサラリーマンの顔色が急変した。客の視線に晒された二人は酔いもどこへやら、その場に居たたまれない気持ちで、ただ顔を見合わせビールを口に運ぶ仕草をとるだけだった。

二人の気持ちを察した女将は「だいぶ酔われたようですから、今夜はそろそろお開きにされたらどうです」

女将の言葉に二人は救われたような表情で、そそくさ勘定を済ませ店を出ていった。

一人が店を出る手前で「どうもすみませんでした」店主に向けてひと言残して出て行った。良心の欠片を少しは持っていたんだろう。

「恵さん、琴音さんごめんね。梅さんもよく我慢してくれたね。ありがとう」

店主は三人に声をかけ飲み物をそれぞれに出すよう女将に声をかけた。

「実はあの二人が勤める会社の重役さんが時々来られるんでね。今夜来られていたらと思うと二人の将来は闇だろうね。粋がるのもほどほどにしないとね」

店主は誰に言うともなく声をかけた。

「さすがご主人、見るところが違いますね。わたしバッジまで気がつきませんでした。人を見る目って大事ですね」琴音が店主に言葉を返した。

「伊達に人生四十年もやっちゃあいませんよ、多少は人の善《よ》し悪《あ》しくらいは分かりますよ」

平目に包丁を入れながら店主はさらっと言ってのけた。

「おやじさん、さすがだねぇ。若い者にはあのくらい言ってちょうどいいんだよ」

テーブル席の恰幅のいい紳士が声をかけてきた。

「いやぁ、あんまり図々しいんで年甲斐もなく、つい口がすべってお恥ずかしい限りで…」

店主は紳士にちょっと照れた表情で言葉を返した。

「バッジの威光《いこう》ってすごいわね。まるで映画の水戸黄門さまの印籠《いんろう》みたいね」

琴音が言った言葉に「お若いのによく知ってるね」先の紳士が笑いながら声をかけた。紳士と同席している別の紳士が「うちも社員の再教育を検討しますか」と声をかけた。

二人の紳士は今夜の来店で二度目だ。話しぶりからどうやら大手企業の役員らしい。時間の経過とともに浩寿司も一日のピークを迎えようとしていた。恵のうしろを香水のきつい匂いがすーっと通った。店主がわずかに眉をひそめた。見ると和装の三十路女性と小肥りの五十過ぎの男性の二人連れが通った。近くの席の客が顔の前で露骨に手で匂いを払う仕草をみせた。和装女性は周囲への迷惑など意に介する風もなく
「イーさんはどうの、サエちゃんは…」など連れの男性に話しかけながらカウンターに座ろうとした時、

「お客様、申し訳ございません。ここは先約がありますので個室の方へどうぞ」

女将が周囲の反応をみて声をかけた。

二人はどうやらバーのホステスと中小企業の社長のようだ。二人は女将のあしらいを好意と受けたのか笑顔で席替えに応じた。

「さすが女将さんね。心配りが本物ですね」

琴音が店主に声をかけた。恵も琴音と同じ思いを口にした。

先ほど露骨に匂いを手で払っていた客が女将に向かって小さな拍手を送った。会話の合間に店主が恵と琴音の好みを聞いてテンポよく握っている。琴音は店主との会話の継穂に「おいしい」を入れた。

「恵、わたしこちらのファンになっちゃった。今度、彼と来ていい？」

「仲の良いことで…どうぞ毎日でもいいですよね、女将さん」

恵は女将に同意を求めた。

この夜、恵と琴音は十時近くまで旧交をあたためた。

十五　さようならは言わないの

昨夜からの雨が本降りになったのは日付が変わった午前一時ごろからだ。天気予報ではこんなに大荒れになるとは報じていなかった。予報とは裏腹に雷鳴《らいめい》が窓の向こうで青白い光を放ち庭の木々の枝が大きくざわめいて疾風迅雷《しっぷうじんらい》の様相を呈していた。時間が経つにつれて風雨が強くなり窓がガタガタ大きく揺れる音で目覚めた。

ベッドサイドの時計は午前五時を指している。恵の脳の半分はまだ眠っている。覚めている半分で起きようか、もう少しベッドにいようか、思案している時だ、物凄い雷鳴と同時に部屋中を一瞬、カーテンを通して強烈な光が支配した。外は真昼の明るさに晒された。近くに落雷したのだろう。ドーンという大音響が聞こえた。

「怖い、圭介さん助けて」

恵は叫ぶなり、上掛けを頭から被った。

そのころ轟も恵に想いを巡らせていた。脳裏に浮かぶのは清楚な愛らしい容姿だ。逢いたい、老い半ばの胸に若かりしころの気分が戻っていた。雨足が少し弱まってきた。

轟はキッチンに入り目覚めのコーヒーを淹れ書斎に入った。机上の写真立てにおはようと言葉をかけた。恵と御代夫妻と一緒に撮った写真だ。その隣に恵とのツーショット写真がある。写真の中の恵が、おはようございますと応えた。コーヒーの苦味が脳を刺激し目が冴えてきた。

恵の両親はまだニューヨーク滞在中だ。夜半の嵐は心細かっただろう。恵の胸中を察し電話を掛けなければと、恵が分身と思ってと渡された腕時計に目を遣ると、午前五時三十分を回ったところだ。雨音はほとんど止んでいる。携帯電話を取り上げプッシュした。

　恵の携帯電話が鳴った。

「恵ちゃん」「圭介さん」電話がつながった。「圭介さん怖かった。声を聞いて安心しました。おはようございます」

　恵は安心の裏で轟への思慕の感情が一挙に噴出《ふんしゅつ》した。同時に安心したのか全身から力が抜けていくようにベッドの端にぺたっと座り込んだ。

　外は雨も上がりすっかり明けきっていた。暴風一過の朝はさわやかな空気が流れている。庭を見ると所々に植木鉢が転がっている。予想以上に荒れた様子が目に入った。恵の脳裏に昨夜の荒天が甦ってきた。窓を開けると昨夜の名残の風だろうか、パジャマを通して冷気が肌を少し刺激した。ぶるっと身震いがした。あわてて窓を閉めた。

　鳩時計の中から可愛い鳩が顔を出し、午前七時を打った。

「さぁ用意して出掛けよう」

　恵は呟きながらドレッサーの前にモデル立ちをした。ママが見たら笑うだろう。恵は、ふと思い、鏡の中の自分に「今日も元気で頑張ろうね」気持ちの中で呟き、人差し指で口角の左右をちょっと上げ小さな笑顔をつくった。この愛らしい仕草に本人は気付いていない。

恵は一年前からボランティア活動を始めている。週の内三、四日、コミュニティを兼ねた高齢者介護施設「太陽園」を訪れ、懐かしい童唄《わらべうた》をお年寄りと唄ったり、話し相手になるなど楽しい時間を過ごしている。太陽園では恵の明るい性格と、笑顔が可愛いとお年寄りは恵ちゃん、恵ちゃんと、まるで我が孫のような気持ちで接してくれる。まるで恵は太陽園のアイドル的存在となっている。

恵は太陽園で気になる上品な婦人がいた。入園者に馴染めないのか、それとも自ら避けているのか、いつも独りで物静かに生活している。恵が気になるもうひとつの理由は物静かな陰に寂しさが時に見え隠れする気がしたからだ。

婦人の名は東都子《あずまみやこ》七十歳、入園前の住所は東京都世田谷区。都子の夫は三年前まで大手食品会社の社長であったが、すでに他界している。東夫妻に子供はいない。都子は天涯孤独《てんがいこどく》の身となっていた。しかしかなりの資産を所有しており、生活に困ることは何ひとつない。

今日も朝十時に訪れた恵は都子の姿をそれとなく探した。個室も覗いたがベッドは空だった。不安が胸を過った。もしや屋上ではないか？　恵は外階段を急いで駆け上がった。

案の定、都子は独りベンチに腰掛け、遠く丹沢の稜線とゆっくり流れる雲を眺めていた。

「都子さーん」恵は親しみのある明るい声で呼び掛けると、振り返った都子は恵を認めると手を振り返した。表情は穏やかで、時折見掛けるあの寂し気な表情は消えている。恵の胸からも不安が一気に消えた。

「あら、恵ちゃんどうしたの」

「えぇ…都子さんとお話がしたくて」

「いつもやさしいのね、恵ちゃんは。恵ちゃんとお話していると、わたしも何とも言えないほっとした気持ちになるのよ」

言いつつベンチに座っている都子は腰を右側に寄せ、どうぞ…恵は都子の隣に腰を下ろした。二人の気持ちを知ってか知らずか、ふっと心和む微風が吹いた。

「いつも気にかけてもらってありがとうね」

都子は黙って恵の手をとり自分の手をそっと重ねた。まるで孫にかける祖母のやさしい振る舞いだった。都子の手は、ほんのり温かく真綿に包まれている感触だ。

「やさしい手ですね」

恵は重ねて手を摩《す》り返した。

「わたしの手はもうおばあちゃんの手よ。ほらこんなに皺《しわ》が…」

都子の手は膨《ふく》よかで、ほんのりあたたかくやさしい手だ。先ほど吹いた微風はひょっとすると今の、都子のやさしい気持ちだと…恵は密かに確信した。

雀が二羽、都子の足元に舞い降りた。都子は雀を待っていたとばかりに、信玄袋《しんげんぶくろ》からビスケットを取り出し指先ですりつぶして足元に撒いてやった。この様子にどこからか十羽近い雀の仲間が舞い降りてきてビスケットの欠片を啄《ついば》みはじめた。都子は雀の動きを慈しむような眼差しでじっと見詰めている。

「都子さんやさしいんですね」

都子は恵に目を戻して「こうしている時が一番幸せなの。主人が元気なころはベランダで二人で雀と遊んでたのよ」

過去を懐かしむようにやさしい表情で再び雀に目を戻した。

恵は都子の仕草をみていると、これまで時折みられた陰の部分を探す接ぎ穂は見つからず恵が思案している様子に、逆に都子が「恵ちゃん何か悩みでもあるの？」と問い掛けられた。

「別になにもありませんけど、あるとすれば恋かな…冗談ですよ」

轟の容姿を重ねながら、つくり笑いで思案をごまかした。

「それならよいんだけど、恵ちゃん、ちょっと待っててね」

雀が飛び立ったあと、都子は何を思ったのか立ち上がると個室へ戻っていった。

屋上から見る空は都子と恵の心のようにあくまでも澄み渡り、遥か彼方に連なる丹沢の稜線がはっきりと見える。屋上の片側に作られた花壇の中から雀が数羽舞い上がった。恵が目で追った。空の彼方に浮かんだ白い雲が圭介を思い出させた。恵の胸元で時を刻むペンダント時計にそっと手を添えた。その時、気持ちの中に圭介への慕情が芽をふいた。胸がキュンと鳴った。そのあとに切なさがさざ波のように広がった。

「恵ちゃん、お待たせしちゃって、ごめんね」

背後から声が掛かった。瞬時の想いから我に返って振り返ると、都子の変わらぬやさしい笑顔があった。都子が小さな包みを持って戻ってきた。

「これね、主人が好きだった味堂の酒まんじゅうよ。とってもおいしいの、どうぞ召し上がれ。ハイ、お茶とお手拭」ペットボトルとウェットティッシュを差し出した。そして都子は過去を懐かしむように亡き夫と一緒に味わったであろう酒まんじゅうを見詰めた。

恵は都子の夫がやさしい人柄だったことは、都子の話しぶりから十分に分かっていたが、改めてもう一度、ご主人との楽しかった日々の話を聞きたいと思った。

「ご主人との日々は楽しかったんですね」

「とってもいい主人でした。大きな会社の社長らしくないの。落語にでてくる長屋の長老のようだったわ。町会の集まりによく顔を出したりして、趣味といえば囲碁くらいのもので時折近所の碁会所へ行くくらいのもので、ゴルフはしませんし、お酒も少々、たしなむ程度でね。それこそ真面目が洋服を着ているみたいな主人でしたのよ」

都子は恵に心を許したのか堰を切ったように夫との思い出を話しつづけた。

「いいご主人でしたのね。都子さんも幸せでしたのね」

恵は都子との会話の中に圭介を重ね合わせていた。

「恵ちゃんのお父さまは、ひょっとして御代画伯ではありません?」

「えっ、どうして父の名を…」

「御代さんってあまり聞かないお名前でしょう。ひょっとしてと思って。主人が恵ちゃんのお父さまの絵がとっても好きでね、十点近く持っていますのよ。とくにパリの風景が好きで主人とパリを訪れてね、絵と同じ風景の街角に立って写真を撮ったことがあるの、たのしかったわ」

都子は昔を懐かしむように恵の目を見つめた。そこに御代画伯の描いたパリの風景が思い出されたのだろう。在りし日の夫との良き日を思い出し穏やかな表情が春の日差しとともに二人の周囲にゆるりと当たっていた。

恵が都子に出会った時、気掛かりだった陰は今は微塵もなかった。足元に雀が数羽降りて来た。都子は信玄袋からビスケットを取り出し、さっきと同じ仕草で撒いてやった。

恵は都子のやさしい光景を見て、気持ちにほっこりするものを感じた。それは都子の心のあたたかさでもあった。

「恵ちゃんこれを…」

都子は赤いリボンの掛かった小さな小箱を信玄袋から取り出して差し出した。

「わたしに？　何ですか、いただいていいんですか…」

「わたしね、少女期九州で育ったの。十歳頃だったと思うわ、遠足で日南海岸へ行った時、この貝を見つけたのよ。少しピンク色をしたハート形でしょう、何だかうれしくなって幸福の石って名づけて持っているの。いろいろ好いことがたくさんあるのよ」

都子の表情はまるで少女の頃に戻っていた。

「そんな、都子さんの大事にされている宝物は頂けません」

恵は都子の差し出した右手を強く押し返し断った。

「恵ちゃんは若いし、これからたくさん好いことがあってほしいの、受け取ってね」

都子は幸福の石を慈しむように右手で包み恵の手を取ってやさしく渡した。

「ありがとうございます。大切にします」

恵はお礼の言葉と一緒に母のような都子の手をやさしく包み返した。

東都子は、あの日から一カ月後に生まれ故郷の長崎へひっそりと帰って行った。

恵は別れの日、いつかまた、再会できることを願って「さようなら」は言わなかった。恵は都子の思い出を胸に、時々、屋上に出て都子と同じ仕草で雀にビスケットを割って撒いてやっていた。

二日ぶりに太陽園を訪れた恵に「恵ちゃんちょっと…」

おしゃべり婆さんのスミ子が玄関脇から顔を覗かせ手招きしている。

「この素敵な絵、恵ちゃんのお父さまが描かれた絵だって？」スミ子婆さんが玄関脇の壁に掛けられた額を指差した。それはパリの街角を描いた三十号の絵である。先週訪れたときにはなかったはずだ。パパの作品がなぜ此処に、恵は訝《いぶか》った。

「ええ、確かに父の絵ですけど…」絵の右下のサインは間違いなく父の筆跡だ。

「やっぱりねぇ、わたしね、恵ちゃんを初めて見た時から、どこか違うと思っていたのよ。品があって淑《しと》やかでやさしくて、うちの孫とは大違いよ、育ちかなぁ」

スミ子は揉み手こそしないが、媚《こ》びるような仕草で声を掛けてきた。

「スミ子さん、わたしそんな身分じゃないのよ。お転婆《てんば》でお酒だって飲むし…」恵は特別視されることを嫌って普通の娘であることを強調した。

展示してある絵は都子が退園するとき、お世話になったお礼にと寄贈したものであると、あとから園長から聞かされた。また、都子から恵が御代画伯の一人娘であることも語られたという。

絵画と恵の関係を逸早く聞きつけたスミ子婆さんは恵ちゃんは有名な絵描きさんの

娘よ、と誰彼なく喋ってまわっていた。あっという間に噂が園内に広まった。スミ子婆さんはまるで町内会の世話焼き婆さん然として活気にあふれている。園内の放送局ともいわれる所以はその行動力にあった。

数日後、恵が園を訪れると廊下の端からスミ子婆さんが「恵ちゃん、ちょっと」と、また、手招きしている。スミ子婆さんは辺りに目を配りながら、言いにくそうに口を開いた。

「恵ちゃんお願いがあるんだけど…」

「お願いって？」恵はスミ子婆さんの目を直視して問い返した。スミ子婆さんの目が左右に忙しく動いた。気持ちに動揺が走っているのだろう。

「実はね、お父さまの絵なんだけど、書き損じたのでいいんだけど一枚貰えないかしら、サインがあれば尚更いいんだけど、どうかな頼んでもらえないかしら」

「書き損じってどういうことですか」

恵はきつい口調でスミ子婆さんに、その真意を質した。

「ちょっとね」スミ子婆さんはまたも言葉を濁した。

「スミ子さん、父は書き損じなど絶対にしません。あったとしても絶対に人様に差し上げることはできません」

恵はスミ子の発言に、失礼なと思う前に、スミ子に対して気持ちの中で怒りがマグマのように噴出していた。

「あっ、そう、それは残念…じゃぁ」

スミ子婆さんは自分の非礼を感じていないのか、ごめんなさいのひと言もなく表情は普段と変わっていなかった。厚顔無恥とはこのことだ。

恵は再び怒りがこみ上げてきた。同時に父の作品がそんな風に見られていたのかと思うと、悔しさと怒りが気持ちの中で交差し涙がこぼれた。この様子を廊下の曲がり角から見ていた職員がいた。恵は暗い気持ちが倍加するばかりで、その日は午前中で退園した。恵は昨日からの暗い気持ちを引きずったまま翌日、ボランティア活動をやめるために太陽園を訪れた。

「御代さん、理由は分かっています」

理事長はスミ子の言動を職員からつぶさに聞かされていた。

「御代さん、入園者にやさしくしていただいたボランティア、本当にありがとう、感謝しています。スミ子さんには十分に注意しておきました。本当に申し訳なかったです」

理事長は深々と頭を下げた。後日談でスミ子婆さんは有名人のサインがあると破損品でも何でも相当な高値で売れると、誰に入れ知恵されたのか欲深い計算を近しい老人に語っていたという。

最終章・恋衣

　スミ子婆さんの一件以来、恵の気持ちはすっきりしなかった。まるで小糠雨《こぬかあめ》の中にいるような鬱陶《うっとう》しい日が何日か続いた。こんな気持ちを一掃してくれたのが一本の電話だった。

　ニューヨークの両親からだ。明後日、帰国するという。半年近く留守を守ってきた恵には待ち遠しい電話だった。「うれしい」明るい声が出た。久しぶりに恵に笑みがこぼれた。

　しかしこぼれた笑みも一瞬だった。目の前のすべてが暗転した。

　母からの電話を切ったあと、また電話が鳴った。山彦のママからだ。

「恵ちゃん…恵ちゃん…、落ち着いて聞いてちょうだい」

　電話の向こうの声が震えている。

「何があったの？」

　恵の全身に不安が広がった。

「恵ちゃん、轟さんが…」

ママの声が乱れている。あとの言葉が続かない。

轟はこの朝、いつものように山彦で朝食を食べていた。トーストパンを何口目かのとき、急にテーブルに伏せた。異変に気づいた常連客がママを大声で呼んだ。

「轟さん、轟さん…」

ママの呼び掛けに「ウッ」と小さく息が漏れるだけだ。しかし身体に反応は現れない。店内には異様な空気が流れ始めていた。新たに来店した客がこの異様さに気づいた。「ママ早く救急車を…」

轟はママと客の機転で以前、轟が診察を受けた大学病院へ移送された。轟と顔見知りの常連客が付き添った。病名は心筋梗塞と診断された。予断は許されない状態だ。

状況を電話で知らされた恵は「うそだ、うそだ」気持ちの乱れが山彦のママには受話器を通して手に取るように伝わってくる。

「すぐそちらに行くから、しっかりするのよ」

山彦のママは本日休業の木札をドアに掛けると田園調布へタクシーを走らせた。心の中で轟さん頑張ってと、ひたすら祈り続けた。

恵とママが大学病院へ着いた。画伯の友人である主治医が急患入口で待っていた。恵を急がせて集中治療室へ案内した。

圭介は血の気の薄らいだ顔色で何かを訴えているかのように小さく口ごもる表情が

痛ましい。数時間が経った。圭介の表情が少し穏やかになった。恵は圭介の顔に自分の顔を近づけ「圭介さん」小さく声を掛けた。気のせいか口元が動いたように見えた。恵は無意識のうちに圭介の手を握っていた。手は冷たい。

「圭介さん、圭介さん…」

恵は再び耳元で小さく呼び掛けた。恵の声に気づいたのか圭介の目が少し開いた。恵にはその表情がいつもの圭介の顔に見えた。何かを伝えようとしているのか、口元が少し動いた。

「ありがとうっておっしゃってるのよ」女性の看護師がそっと耳打ちした。そのひと言で恵の目から涙が頬を伝って圭介の手に落ちた。その時、圭介の身体がぴくっと動いた。その動きは圭介の手を握る恵の手にはっきりと伝わってきた。そして涙でかすむ恵の目に圭介の表情が一瞬、笑顔になったように見えた。

恵はこれまで以上に圭介に対して愛しさが津波のように体全体に押し寄せた。恵は圭介の頬に自分の頬を当てた。圭介の頬から少しの温もりが伝わってきた。

「あなた、あなた、あなた」声をかけ続けた。しかし「恵ちゃん」と呼んでくれたいつものやさしい言葉は返ってこなかった。

「あなた、あなた」恵は圭介の頬を両手で挟んでなおも呼び続けた。しかし圭介は穏やかな表情で眠っているようだ。「あなた」もう一度呼んだ。その時、圭介の目がうっすらと開いた。「あなた、あなた」恵は懸命に呼び続けた。圭介の口元がわずかに動いた。圭介の口元に耳を傾げた。

「めぐみ、めぐみ」確かに聞こえた。圭介は初めて妻となる恵の名を呼んだ。圭介の右手が無意識のうちに動いた。恵の腹部に静かに弱々しく触れた。

その時、恵にもはっきりと分かるほど腹部で胎児が大きく動いていた。この時、圭介は混濁《こんだく》する頭の中で、我が児の誕生を確信していた。これで俺の命が絶えても血統だけはこの世に残る。ありがとう恵、轟家は俺の代で絶やすことなく次世代へ継ぐことができた。

口元がわずかに動いた。だが何も聞こえなかった。しかし恵の心には「この子を頼むね」とはっきり聞こえていた。そして轟圭介は静かに永久の眠りについた。

「ご臨終です」主治医が静かに告げた。

恵には主治医の声は残酷であった。

恵は一瞬、頭の中はパニック状態に、目眩《めまい》をおこした。思考が弾けた。その時、再び胎児が大きく動いた。その動きで恵は正気を取り戻した。圭介の命と引きかえに新しい生命の誕生を恵は、はっきりと自覚した、これで本当に圭介の妻として、心身ともにつながったことを、圭介さんありがとう、この児は立派に育てます。心の中で手を合わせた。

恵は圭介の身体に身を預け声を上げて泣いた。圭介の身体から医療器具が静かに外された。

恵の声は次第に細っていった。圭介さんから「あなた」と呼び方が変わっていたことに恵は圭介の妻となったことをはっきりと悟った。その恵の悲しむ姿に周囲の誰もが目頭を押さえた。

圭介の表情は、まるで何事もなかったかのように穏やかな表情だ。声を掛ければ「なに…」と起き上がってきそうなそんな穏やかな表情に見えた。

恵は羽織っていたカーディガンを脱ぎ、そっと圭介の身体に掛けた。恵にだけだろうか「戀衣」だね、と聞こえた。それとも周囲の人たちにも聞こえていたのだろうか。現実と幻の狭間《はざま》で起きた幻聴《げんちょう》だったのか。その時、圭介は安らかに天に召されていったのだろう。

恵は人との別れがこんなにもあっけなく、悲しいものかと心に錐《きり》を刺し込まれた思いがした。

圭介との悲しい別れから一週間が過ぎた。御代家に吉祥寺から山彦のママが訪ねてきた。圭介から生前託されたと一通の封書を差し出した。

封書の表書きに「恵様へ」と記されていた。内容はすべての財産を恵に譲渡するというものである。恵は譲渡された財産を福祉関係にすべて寄付することを決め、父御代画伯の友人である高名な弁護士に一切を委任した。

恵にとって圭介との思い出は数え切れないほど残っている。恵の胸元で今日も時を刻むペンダント型の小さな時計がすべてを知っている。もうひとつ大きな宝がある。圭介の分身が恵の体の中ですくすくと育んでいる。

その宝が誕生した。恵は圭太と名付けた。恵も少しずつ現実と向き合えるように、心身とも回復してきた。恵の膝元で圭太が愛らしい笑顔で遊んでいる。

「圭ちゃん、目元がお父さんにそっくりね」

圭太を見る恵の表情は慈母《じぼ》といっても言い過ぎではない。やさしい、やさしい母の顔になっている。

「圭ちゃん、圭ちゃんが五つになったら、お父さんが海の向こうでお仕事をしておられた色んな国へ行ってみましょうね」

恵は圭介が駐在した各国を訪ねて圭介の足跡を辿ってみようと常々考えていた。圭太は恵の言うことをどれだけ理解したのか、まだ二歳だ。仏壇の遺影を指差しては「パパ、パパ」と、もみじのような小さな手を合わせた。

恵は圭太の仕草を見ていると胸が熱くなる。ひと目でもあなたに圭太の姿を見せたかった。無念さが込み上げ「どうして天国へ旅立ったの…」悲しい愚痴が胸の中で渦巻いた。涙が頬を伝わって圭太の小さな手の甲にぽつんと落ちた。圭太が恵を見上げ涙の落ちた手を突き出し遺影にその手を「パパ、パパ」呼びかけ見せる仕草をした。「あなた、圭太が五歳になったら、あなたが海外生活された足跡を訪ねますね。その時はあなたも一緒に行きましょうね。家族三人でね」

恵は遺影に声を掛けた。その時、恵の脳裏に過ぎし日々の思い出が走馬灯のように駆け巡り始めた。何分か過ぎたとき、走馬灯がぴたっと止まった。

銀座の寿司店「浩寿司」の店主、田尻浩一が何気なく言ったひと言、圭介に嫁取りの話を持ちかけたときのことだ。恵はその瞬間から圭介の妻は自分しかいないと決めていた。「おじさん、お嫁さんをもらわないで」気持ちの中で叫んだ情景は今、はっきりと蘇っていた。

恵は圭介と出会ってからの五年間、幸せのひと言につきる期間だった。ただ、ひとつ心残りは圭太を圭介に抱かせてあげられなかったことだ。

圭太が誕生してから五年の歳月が流れた。東京国際空港を飛び立って十時間弱、北米ロサンゼルス空港に到着した。イミグレーションを通り、アメリカへの玄関ロロサンゼルスの地に降り立った。

恵が空港の係員と会話している姿を圭太は不思議そうな顔で見上げている。日本では見ることのないママの姿に驚いたのだ。

「ママ何お話ししてたの？」

「パパが住んでいた場所へ行く道を聞いていたのよ」

「ママすごいね」

圭太は羨望の表情で恵を見上げ、「ママすごいね」今度は自慢げな表情で声を返した。

「パパはもっともっとすごかったのよ。色んな国の人たちとたくさんお話しできて、お友だちも多くて圭太もパパのように立派な人になろうね」

「ぼくもうんと勉強してパパみたいな偉い人になるよ」

大人びた口調の圭太に父親の圭介の面影を重ね不憫《ふびん》さと愛しさで胸が熱くなった。

こんな母子の会話のあとに、圭介の足跡を求めて恵と圭太の旅はロサンゼルスを振り出しに、ニューヨーク、ワシントン、ロンドン、パリ、シアトルを訪れ、それぞれの地で思いを巡らせ二カ月間に及んだ旅を終え帰国した。

恵と圭太の未来に幸福あれ…。

膝黒子
_{ひざぼくろ}

南海信介《みなみしんすけ》は幕張メッセで闘催中のリビング展の取材を終え東京駅で中央線に乗り換えるため高尾行きホームに向かった。サラリーマンの帰宅ラッシュには、まだ一時間余り早い午後五時前だ。折り返し立川行きの電車が入線してきた。ドアが開いた。二十人ばかりの客が降りた数秒後、今度は乗客が乗り込んだ。南海信介は乗り込むなりロングシートのドア寄りに腰を下ろした。齢《よわい》七十にして現役だが身体の機能と年齢は正比例しない。どっこいしょ、小さな声が漏れた。それでも脳だけは常日頃モットーとしている「人生七掛」その方式で計算すると、七十掛ける七で四十九歳だ。気持ちだけは壮年の積もりであるが、やはり身体機能はしっかりと七十歳をキープしていると思うと、詮無さが吐息と一緒に口から転び出た。そこには七十歳の現実が身体中に疲労を撒き散らした。何時の間にか電車は発車していた。「どっこいしょ」のあとにウトウトと薄い睡魔がおりてきた。何時の間にか電車は発車していた。「カンダ、カンダー」の車内アナウンスで睡魔が途切れた。神田駅に到着していた。十数人の客が下車、ドアが閉まる寸前、駆け込んできた最後の一人が南海の隣に座った。その途端、南海の鼻孔に淡いラベンダーの香りが漂ってきた。香りに釣られるように取材帳から目を離し、女性に目を向けた。清楚な雰囲気の妙齢の女性と目が合った。女性は何故か軽く会釈を南海に返し読んでいた女性誌に目を戻した。

電車は四谷を過ぎ新宿を過ぎるころ、南海《みなみ》は電車の揺れに合わせるようにコックリ

コックリと舟をこいでいた。取材帳が落ちたのも気づかないほど疲れていたのだろう。耳元でこれが落ちましたよ。淡いラベンダーの香りと一緒に取材帳を手渡してくれた。「これはどうも…」礼の言葉を返し取材帳を落とした床に目を遣り、目を戻した時、女性の膝頭に目が止まった。女性の膝頭に小豆の半分にも満たないほどの黒子《ほくろ》が目に入った。女性は妙齢である上にラベンダーの淡い香りが混ざって艶っぽくさえみえた。

電車は荻窪駅に停車した。南海は「先ほどはありがとうございました」女性に声を掛けて下車した。女性は小さな笑みで頭を下げた。

南海信介は疲れを癒すようにホームのベンチに腰を下ろし走り去る電車を目で追った。その時、脳裏に五十五年前のセピア色した映像が戻りはじめた。その一コマ一コマが過去の青春時代を呼び起こしてくれた。

南海が中学三年の春だった。校庭の桜は満開、その日、南海のクラスに女子生徒が一人転校してきた。ポニーテールのよく似合う清楚な面立ちの女子は熊本恵子と自己紹介した。新学期が始まって二週間が過ぎた。南海は下校途中、絵画道具を片手に海辺が見える小高い丘に出向いた。夏の絵画展に出品する風景画を描くためだ。海は春の陽差しを受けてまるで鏡面のようだ。南海は立ち尽くして水平線に目を遣ると「春の海ひねもすのたりのたりかな」蕪村の句を思い出し口遊《くちずさ》んでいた。

眼下には三隻の漁船が相前後してポンポンと焼玉エンジンの音を軽快に大きく響か

して帰港してくる。漁船の航跡が白く見える。大漁だったのだろう、船上から漁師が漁港に向かって大きく手を振っている。

南海は岩場に手製のイーゼルを立て画用紙を挟んだ。海と漁港の風景に目を遣りながら4B鉛筆で描きはじめた時だった。背後で人の気配を感じた。振り返ると、転校生の熊本恵子がイーゼルを覗き込むように立っている。南海は何故ここに彼女が…その時、恵子と目が合った。恵子は小さな笑顔で「ごめんなさい邪魔しちゃって、海を見にきたら南海さんの姿が見えたので…」恵子ははにかむように小さな声で謝った。

南海は恵子が自分の名前を知っていたことに驚くと同時に何故か胸に動悸がはしった。少年が人生で初めて知った恋心の芽生えだったのだろう。南海は照れを隠すように水平線に目を移した。貨物船だろうか、穏やかな海面をゆっくりと進んでいく様はまるで池に浮かべた笹舟のようだ。

「写生好きなんですか…」

恵子は声を掛けながら南海の横にスカートの裾を両膝のうしろに両手で折るようにしてしゃがんだ。この動作に南海の動悸は再び三オクターブも上がった。しゃがんだ時、恵子の左の膝頭についた小豆ほどの黒子が目にはいった。その瞬間、南海信介は気持ちに少なからず好意めいたものを感じた。自分には右の膝頭に同じ位の黒子がある。何かの縁があるのだろうか…、ふとそんな予感が頭の隅を過った。

　しかし恵子は南海信介の純粋な心情の変化など知る由もなく、海面から目を戻し、

「わたし栃木生まれで此処に来るまで山の景色しか知らないの、栃木は海がないでしょう。だからこんな大きな海を見ていると無性にうれしくなるんです。南海さんは毎日、海が見られて幸せですね。わたしは時々、こうして一人で見にくるんです。そうすると何かしら落ち着くんです」

「ぼくなんか、晴れの日も雨の日も、まして台風なんかだと大変ですよ…、今日のように穏やかだと感じる日も当たり前と思っているので特別に感慨はないですよ。熊本さんもそのうち、この日常に慣れますよ」

　話すうちにも南海の筆は進んでいた。

　恵子はいまの信介の言葉に夢がないなぁと感じたのか「そんなもんですか？」やや不満気な口調で言葉を返した。

　信介は恵子の返した言葉を受けて、しまったと後悔した。しかしもう後の祭りだ。訂正する言葉はないか、信介は頭の中で探した。絵筆を止め海面に目を遣った。その時ある文言が閃いた。

「今日の海は本当に穏やかで、ぼくの一番好きな風景です。春の海終日《ひねもす》のたりのたりかな。今日の風景はぴったりですよ」

「その句、わたし知ってます。江戸中期の俳人で与謝蕪村の句ですよね」

恵子は信介と共通した話題に辿りついたことでほっとしたのか表情も声も明るくなった。

「でも、すごいですよね。蕪村はこの句を二百何十年か前に詠んだのでしょう。その情景が今も変わっていないなんてすごいことですよね」恵子は穏やかな海面の沖を眺めて、「あのお船はどこへ行くんでしょう?」

恵子は沖を行く貨物船を眺めながら顔を向け呟いた。春風が恵子の長い髪を吹き上げた。みどりの黒髪ってこのことか、何かの本にこの文言が書いてあったことを思いながら信介は恵子の横顔に愛しさを感じた。これが膝の黒子の縁だろうか、信介は自分の膝の黒子の存在を恵子に話そうかどうか瞬時思案した。いま唐突に話したら不快感を持たれるだろうという思いが脳裏を走った。

信介十五歳の春の初恋である。

恵子と初めて会った日から二カ月が過ぎた。校庭の桜はとっくに散り、初夏を告げる薫風が信介にも恵子にも青葉の香りを運んできた。信介は春の海の風景画を今し方、教員室へ提出してきた。教員室を出たところで、ばったりと恵子に出会った。恵子は小さな笑顔で先生にご用、小声を掛けた。信介は絵を提出してきたことを伝えた。

「入選するといいわね、わたしあの絵が入選すると、すごく嬉しいの」

恵子は信介が思ってもいなかったことを口にした。

信介はそのひと言で全身が嬉しさの渦にのみ込まれた。その時、信介は恵子の存在をはっきりと意識した。好意以上の感情が全身を巡った。その夜、信介は生まれて初めて女性に自分の気持ちの中にある心情を綿々と書き綴った。書き終えるまでに何枚便箋を損じたか、信介にとっては初めてのラブレターだけに気恥ずかしさも感じながら恋が成就しますようにと念じた。その時、脳裏には恵子の容姿だけが巡り、信介と恵子だけの世界が漠然と広がっていた。

信介は書き終えた文面を何度も何度も読み返した。誤字、脱字が無いのを確かめて封筒に入れ終えた時、気がついてみれば窓から初夏の朝日が射し込んでいた。そういえばさっき一番鶏が鳴いていたような気もした。信介は人生初の恋文を通学鞄の中に入れた。その日から十日が経ったが渡すチャンスがなかった。十一日目だった。下校途中に恵子とバス停でばったり出会った。ボンネットバスが来た。乗客はおばさんが三人だけだ。二人は黙って乗った。「海を見に行きませんか？」恵子が誘った。信介は戸惑った。しかしその戸惑いは瞬時だった。

「いいですね、行きましょう」脳が指令を出した。信介と恵子は並んで腰掛けた。バスが揺れるたびに腕と腕が触れ合った。衣服の上から恵子の体温を感じた気がした。二人は漁港が見下ろせる小高い丘へ登った。今日の海は、のたりのたりより少し荒れていた。一方、二人の間はのたりのたりの心境だった。

しかし信介は恵子がどんな意図で誘ったのか気になっていた。見下ろす漁港は午後ともなるとひっそりと夕方の出漁までの束の間のあまり人気のない静けさが広がっている。

「静かな漁港も絵になるんじゃないの、信介さんの絵、わたし欲しいなあ…」またも信介が予期しなかった言葉が恵子の口から出た。

「ぼくの絵なんか…」信介は謙遜しながらも嬉しさで声が少し上擦《うわず》っていた。

「本当にぼくの絵でいいんですか、恵子さんのために一生懸命描くね」信介は顔を赤らめながら約束した。

「じゃあ約束の拳万《げんまん》よ」恵子は小鮎のような白い小指を恥ずかし気に、指切り拳万嘘ついたら針千本のます、小声で口ずさんで信介の小指に絡めた。

信介は好意を抱く恵子の小指の小さな温かさに恵子の肌だ。初めての経験に感情が高ぶった。刹那的に抱きしめたい想いがはしった。その時、「信介待て、嫌われるぞ」声なき声の理性が信介の想いを止めた。

恵子は信介のいまの想いを知ってか知らずか、信介の絵が入選することを八幡さまに祈願しようと誘った。信介と恵子は小高い山の中腹にある八幡さまへ息を切らしながら石段を一つ一つ数えながら上った。石段を真ん中にして左右の杉の巨木が境内まで続いている。まだ午後三時だというのにあたりは鬱蒼《うっそう》としている。時々、小鳥のさえずりだけが聞こえる。静寂の中で二人の石段を登るハアハアという小さな息遣いだけがひときわ大きく聞こえるだけだ。信介は途中から「しんどかったら手を引いてあげようか」言っただけで胸がドキッとなった。

恵子は俯《うつむ》いたまま黙って右手を出した。春風が恵子の黒く長い髪を吹き上げた。信介も黙って左手で手を繋《つな》いだ。拳万の時よりかは、恵子の手は温かく柔らかい。いつの間にか石段を数える二人の声は無言になっていた。手を繋ぐ二人の息遣いだけが規則正しく静寂な空気を小さく切り裂いていた。

信介は無言のまま段数を暗算していた。目の前が急に明るくなった。両側の杉並木がとぎれ境内に出た。石段はちょうど百三十段あった。「何段あったか分かった」「百三十段」「何だ、恵子さんも暗算してたんだ。ぼくも暗算してたんや」

二人は顔を見合わせて笑った。手は繋いだままだ。神殿の前でやっと離した。信介はズボンのポケットから小銭を二枚出し、一枚を恵子に渡した。恵子も信介も神妙な顔つきで柏手《かしわで》を打って十数秒間、それぞれの想いを告げたのだ。杉の小枝がざわついて、木立からカラスがカーカー甲高く鳴いて飛び立った。

「何をお祈りしたの」

信介が恵子の横顔に声を掛けた。

「絵の入選と信介さんのこと」

「ぼくは恵子さんのこと」

「私のことって聞かせて…聞かせて」

恵子が甘い声でせがんだ。

「恵子さんがずっといい友だちとして付き合ってくれるように…そしてお嫁さんに…」

信介は自分でも予期しない言葉が当たり前のように口を突いて出たことで顔が金時のように赤らんでいた。それでも恥ずかしいとは思わなかった。

恵子の顔にも紅が走った。少女心にも信介の心情が嬉しかったのだろう。

「恵子さんは何を…」

「信介さんが今言ったことと同じようなこと」恥じらうように俯《うつむ》いたまま小さな声で返した。

小さな風が吹いた。ポニーテールが左右に波打つように揺れた。その時、麗からボーッと汽笛が聞こえてきた。一日六往復しているローカル鉄道の汽車が町の停車場に着いたのだ。

「もう四時やね。そろそろ下りようか」汽車の到着で時刻が分かった。

今度は黙って二人は手を繋いだまま神殿に向かって神妙な面持ちで頭を下げた。

信介に朗報が届いたのは十一月の初旬だった。全国で特選に輝いたのは信介だけだ。

これを地元紙が大きく報じた。翌日、信介は恵子を写生した現場へ誘った。恵子と初めて会った場所だ。信介さんおめでとう、恵子は両手で信介の手を包み込んで祝福の気持ちを表現した。声は涙声で細っていた。細く糸ひく声のあとに、わたし本当に嬉しい、そして信介の目をじっと見つめた。

信介は恵子のこの仕草で膝の黒子と恋文に自分だけの思い入れを込めて封印した。恵子宛の恋文は恵子が目にすることなく信介の胸の内に残した。そして信介はこれでいいんだと自ら納得した。その心情の裏には恵子の気持ちがはっきりと分かったからだ。ここで過去の映像のコマが停まった。

あれから五十五年の歳月が流れていた。信介は恵子に心を寄せて未だ独身を通している。

その日、帰宅すると郵便受けに夕刊と一緒に一通の案内状が届いていた。中学時代の同窓会通知だ、発起人の最後尾に熊本恵子の名前が記されていた。南海信介は即座に出席を決めた。膝の黒子が繋《つな》いでくれたのだと歳甲斐もなく心の中で万歳を叫んだ。

当日、二人は五十五年ぶりの再会を果たした。信介と恵子の二人の胸に万感迫るものがあった。案内状の熊本恵子、氏名も五十五年前と変わっていなかった。恵子も南海信介と同じ思いで五十五年の歳月、今日の日を夢見て操《みさお》を守り通してきたのだ。夢が実現した日、超遅咲きの桜が満開になった日でもある。

これが昭和、平成、令和と生き抜いてきた男と女の真情の証である。二人の人生に幸多かれとエールを送るものである。

失踪へのプロローグ

北海《きたみ》三郎は残業を終え室内灯を消灯したのは午後十時に近かった。室内は昼間の騒々しさが嘘のように静寂だった。支社ビルを出ると梅雨特有の蒸し風呂のような生あたたかい空気がワイシャツを通して肌にべったりとまとわりつく。不快な気分が脳から足元までぐるっと巡る。あぁ…嫌な気分だ。独りごちた。駅まで徒歩十分ほどだ。歩くうちに首筋から汗が滲んでくる。といってもそんな生易しいものではない。タオル地のハンカチで首筋を拭った時、ネオンや看板が連なるビル群の上空は梅雨独特の闇が一面に広がり星が全く見当たらない。今にも泣きだしそうな空に星が一つ流れた。瞬時のことだ、その後を追うようにまた星が流れた。北海が連続して流星を見たのは初めての経験だ。二つの流星、その時不思議な感覚が北海の胸を強く衝いた。若しやあの二つの流れ星は…若しやの文字が脳裏を掠めた。北海は若しやを脳裏に止めたまま、目の前で赤ちょうちんが揺れる居酒屋ののれんを分けていた。客は七分の入りだ。

北海はカウンターの隅に腰を下ろした。この店には月のうち四、五回は顔を出している。カウンターの内側から顔馴染みの板さんが「ようこそ、今夜は遅いですねぇ」客に合わせたありきたりの挨拶で迎えた。

「いらっしゃいませ」背後でアルバイトの女子大生カオリちゃんがメニューを開いた。北海はメニューに目を遣《や》らずに夏の定番、生ビールと枝豆、冷奴を頼んだ。着席して五分もすると冷房に体も慣れてきたのか少し生気が戻った。運ばれてきた生ビールが置かれると同時に北海の手が間髪を容れずに取り上げた。一気に胃袋に流し込んだ。喉仏が大きく上下した。うまいと気持ちで叫んだ。

「いい飲みっぷりですね」板さんが客に対する常套句でほめ言葉を呈した。生ビールで一息ついた北海は枝豆を口に放り込み、先ほど見た流れ星が何か自分に暗示をかけたのではないか…気持ちの隅に相手のいない違和感が残り火のように燻《くすぶ》っている。二杯目のビールが何故だか苦味が強かった気がした。

「ビールに合う〝あて〟でも出しますか…」板さんの声が突然耳をたたいた。つまみのことを〝あて〟と言う板さんは、ひょっとして関西人か？　北海は出身地大阪を思い出した。途端に友人の秋田勘太の名前と恰好の良い容姿を思い出した。そこから鮮明に当時の秋田の行動と、もう一人清楚な女性が重なり二人の存在が北海の脳裏で大きく膨らんだ。その女性は秋田より五歳年上と聞いていた。

秋田と北海は共に高校、大学と同期で卒業後も交流が続いていた。それも十年前まで であった。思考する途中で板さんの声が割り込んできた。カウンター越しに「お待ちどうさん、ビールのあてには最高ですよ。わたしのオリジナル珍味です」涼しげなガラスの小鉢をカウンターに置いた。

北海は秋田への思いを一時棚上げして出された珍味にさっと箸をつけた。初めての味だ。ビール党の北海にしては板さんの言う通り珍味だ、味が口の中でふわっと広がった。北海が板さんの顔を見上げ「豆腐やウニは分かりますがあとは分かりませんね。それにしてもおいしいですね」北海は満面の笑顔で言葉を返した。「ありがとうございます。残念ですが豆腐は入っていません。食材は八品ですよ。レシピは、わたしだけのシークレットです」板さんは自慢気な表情でうまいでしょうと言葉を加えた。そして、どうぞごゆっくりと言って、あて談義を締め括った。

北海は板さんとの会話で気持ちにほっこり感が広がった。この時、二つの流れ星の存在は脳裏から遠ざかっていた。のれんが大きくはためきセンサーが働いたのか表戸が勝手に開いた、同時に外の騒めきが入ってきた。続いてサラリーマン風の男性三人が湿った風に押されて入ってきた。こんな時間に三人はかなり酔っているようだ。時折、この店で見かける顔だ。一人がよおっと声をかけ肩を軽くトンとたたいてテーブル席についた。

別の席から「今、何時だい」背後で店員に時間をたずねる客の声がした。釣られるように北海が腕時計に目を落とすと日付が変わる時間の三十分前を示している。明日のことを考えて腰をあげた。店を出ると夜空に半月が霞んでいた。今夜も熱帯夜だ。肌に当たる夜風がサウナ風呂の中と似ている。

その夜、北海は夢を見た。二つの流れ星の行方だ。先に流れた星は秋田勘太と思えた。あとを追った星は清楚な女性だ。二人の馴初めは十一年、いや十年前になるだろう。その二人がどんな事情があって北海の前から姿を消したのか？　動機は全く分からない。一年経ち。二年経ち、そして季節は幾度となく移ろいを繰り返し今年で十年が経った。北海の脳裏からも歳月の経過が二人の存在を希薄にしていった。今夜の流れ星が北海の夢に二人を呼び寄せたのだろうか？　北海は旧友が現在どこでどう暮らしているのか当時の様子を思い出しながら二人の身を案じ再び眠りについた。

秋田勘太は大学卒業後、単身東京で一人暮らしだった。ある日、北海宛てに秋田の両親から息子の秋田勘太の消息について電話で問い合わせがきた。どんな些細《ささい》なことでも教えてほしいと詰問に近い口調だった。その後失踪届けが出された警察からも問い合わせが二度あった。しかし返答は分からないとしか言いようがなかった。失踪の裏には問い合わせでは清楚な美人は、名を綾と伝えられた。綾と秋田ともに両家の思惑の違いから熾烈な反対にあい、当人たちはそれに耐えられなかったという事情が後になって分かった。夢の中に二人揃って忽然《こつぜん》と現れた。それは北海に問い合わせのあった日の夜、夢を見た。夢の中で星が二つ流れた。

失踪へのプロローグ…はここからだ。

場内の照明が一際《ひときわ》明るさを増した。クラシック音楽コンサートの一部が終了した。場内が騒めきはじめた。綾は先ほどから隣席の青年が気に掛かっていた。横顔しか視界に入らないが綾は何故か胸中に異常なほどの高鳴りを感じていた。青年は二十代後半だろうか、端正な横顔は今、売り出し中の俳優M・Wに似ている。いやそれ以上の美男子かもしれない。思ってそっと横顔に再び目を向けた。

綾は結婚五年目に入る。夫の順次は二十歳離れた上場企業の社長。綾は初婚で現在三十三歳、夫の順次は再婚である。順次は経済人として辣腕《らつわん》をふるい中小企業から今日の上場企業に成長させたレジェンドである。テレビの経済番組にも頻繁に出演、産業界への適格な助言で好評を博すほどの著名な経済人である。三十三歳の綾には令夫人の地位、金銭どちらをとっても不足はない。あるとすれば多忙な夫との会話不足である。綾にとっては単調な生活からのストレスをクラシックコンサートや美術館巡りで解消していた。綾は上流夫人に有り勝ちな気位の高さを誇示する雰囲気など微塵《みじん》も感じさせないあたたかみのある容姿からは、上品な艶っぽさが周囲の人をほっこりさせる魅力がある。

綾が気に掛かる青年に二度目に出会ったのは半年経った秋のコンサート会場だった。偶然にも前回と同じ隣の席だった。開演前のひと時、青年はプログラムに目を通していた。見終わったのか顔を上げてチラッと綾の方に目を向けた。目が合った。美しい婦人だ。秋田は素直に思った。思いはそこまでだった。

「クラシックはお好きですの、春のコンサートの時もここでお見掛けしましたの」綾は思い切って声を掛けた。青年は一瞬、綾に目を向けたが、こんな綺麗な婦人が自分に声を掛けるはずがない、人違いだろうと再びプログラムに目を戻した。

「突然、お声掛けしてすみません。ごめんなさい」綾は今度は青年を直視して謝った。

「ぼくにですか？　大変失礼しました。ぼくのような者に綺麗な方から声を掛けてもらえるとは思いませんでしたので…」

秋田は改めて婦人に謝った。「ぼく秋田と申します」何故か口から勝手に自己紹介が出た。

「わたし綾と申します」綾は名だけを名乗った。

「秋田さんはクラシックの外には？」

「僕は強いて言えば、クラシックの外に美術館巡りと山登りをすることくらいですかね」この時、綾と秋田の会話を遮るように二部の開演を告げるブザーが鳴った。場内の騒めきが一瞬にして静寂に変わった。緞帳《どんちょう》が上がり、指揮者のタクトでオーケストラの演奏が始まった。しかし秋田の頭の中は先ほど綾から話し掛けられたことで感情が高ぶっており、もはや演奏を楽しむ余裕を失っていた。それは秋田が二十八歳になる今日まで経験したことのない夢の時間だった。演奏中に綾の横顔に二度、目を走らせた。美しい、二度ともそれしか表現のしようが見当たらない。

二部が終わった。秋田は夢から現実に引き戻された。綾に心を残しながら席を立った。しかし二人を結ぶ赤い糸はすでに結ばれようとしていた。

綾もこのまま田園調布の自宅へ帰るのは惜しい気がした。後ろ髪を引かれるとはこのことだと思った。その時、綾は秋田と目が合った。綾は秋田に気持ちが動くのを感じた。腕時計に目を遣り「時間おありでしたら、お茶でも如何ですか」声を掛けた。秋田に異存はない。嬉しさが胸の内に広がった。綾と秋田は通りに面した明るいカフェに入った。若いカップルが席の大半を占めている。美男美女二人の入店に客の目が集中した。

綾と秋田は音楽を通じて気持ちが通い合ったせいか、わずか二時間前とは違った雰囲気の中でクラシック音楽から絵画まで話題に事欠くことなく語り合った。気がつけば夕闇が迫っていた。秋田は別れ際、プログラムの裏面を指差して次回のチケットを取っておきますから都合がつけば来てくださいと伝えた。

綾は、田園調布の自宅へ帰ってからも、秋田の存在が気になって仕方がなかった。せめて携帯電話の番号だけでも聞いておけばと悔やんだ。気がつけば悔やめば悔やむほど秋田への思慕の情が気持ちの中に渦巻いた。端正な横顔、伸長一八〇センチの体躯から迸り出るアスリート感に綾は秋田に魅かれていることにはっきりと気付き、同時に夫に対して小さな罪悪感が心に痛みを伴って脳裏を過った。反面で仕事、仕事で多忙をきわめる夫との会話の無さに虚無《きょむ》感すら覚えはじめていた。この時期から夫との間に隙間風が吹き始め離婚の文言がちらつきはじめたのも事実である。もう少しあたたかみのある会話がほしかった。綾は夫との歳の差を悔やんだ。その反面で綾は秋田に想いを重ねながら言い訳を胸の中に呟き掛けた。その裏で「ごめんなさい、いまのわたしには…」心の中で言葉が泣いていた。

その頃、秋田は綾の面影を脳裏に異常なほどに精神的高揚の最中にあった。それは今日半日の予想もしなかった綾との展開に青天の霹靂と言う以外に何物でもないと。清楚でありながら美貌の女性から声を掛けられたからだ。秋田二十八年の人生においてこれだけの巡り合わせは皆無だった。これから先、二度とこんなチャンスは無いだろう。反面で秋田は今日だけの出会いに自分の運が全て注ぎ込まれたようで先行きに不安が広がった。綾さんの気まぐれの一度だけのアバンチュール、恋の火遊びだったのだろうか、否そんな風情には感じられない。秋田は自問したが答えは見付からない。もう一度会いたい。会いたい気持ちだけが高ぶる。翌日、秋田は北海に連絡をとった。親友へ心境を吐露した。

「それは暇を持て余した有閑マダムのアバンチュールさ。気をつけろよ」ひと言で片づけられた。この時期を境に秋田と北海は連絡不能になった。

一方、秋田は次回のコンサートのチケット二枚を予約購入した日から当日までの間、綾さんは来てくれるだろうか、悶々《もんもん》とした日々を送っていた。当日、会場前に千秋の想いで待っていた。綾の姿が見えた。秋田の胸に安堵した嬉しさと同時に、愛しさ恋しさの想いが一挙に立った。動揺する気持ちを抑え駆け寄った。綾と秋田はまるで恋人同士のように肩を並べて席についた。緞帳が上がった。

綾の手がそっと秋田の手に触れた。秋田の胸中に大きな鼓動が起きた。半年近く会えず恋焦《こいこ》がれていた綾の手とはいえ、肌が秋田には愛を告げられたような感動を覚えた。秋田は思い切って強く握り返した。綾から山彦のように緩《ゆる》やかな感触が返ってきた。その時、秋田の脳に歓喜の嵐が吹いた。

秋田は綾の横顔にそっと目を向けた。美しい、感情が喉の奥で細く尾を引いた。綾は秋田の小さな仕草に気付いたのか秋田の横顔に目を向け微笑んだ。

翌日、スポーツ新聞の社会面の片隅に綾が夫と離婚したと報じられていた。原因は夫の女性問題だとも報じていた。秋田は電車の中で記事を見た。複雑な気持ちで綾とは今後どう接するか電車の揺れに体を任せてぼんやり考えていた。その時、携帯電話が鳴った。その日の夕方、綾と会った。

「わたし主人のことで二年前から悩んでいたの、あとは今日の新聞報道の通りよ」話す綾の言葉尻が細っていた。

綾は秋田に夫との関係を赤裸々に語った。それは毎日が辛さの連続だった。ストレスも限界に達していた。そんな時期に出会ったのが秋田だった。躾の厳しい環境で育った綾には華やかな青春時代は、ほぼ無かった、と言ってもいいくらいの暗い時期だった。秋田といる時だけが青春を感じると、またもか細い声で訴えた。

秋田との出会いで綾にも遅い春が巡ってきた。綾はこの巡り会いを運命愛と確信した。この日を境に綾と秋田の新たな恋愛がはじまった。しかし二人に向けられる周囲の目は決して好意的なものではなかった。二人が両家、親友の前から消息を絶ったのは小さな記事が掲載された日から二カ月後だった。

どこへ旅立ったのか、あれから十年。

北海が夢を見た夜から一週間後、自宅のポストに一通のハガキが届いていた。差出人の氏名は明記されていなかったが文面から秋田だと分かった。

「二人は元気で幸せに生活しており、あと数年で会えるだろう」と結んであった。

北海はハガキを胸ポケットに入れ、今あの居酒屋で独り複雑な思いで盃を重ねた。

著者プロフィール

八十八 學無（やそや がくむ）

1936年、大阪市生まれ。

1965年、電子産業の発展を見越し、先進諸国の電子技術・動向・情報提供の専門紙を創刊。日本をはじめ米国、欧州、アジアの電子機器企業に紙面を通じて提供し続け、現在に至る。

1968年11月6日、初渡航。訪問国はドイツ、イギリス、フランス、アメリカの各国の電子技術・市場動向などの外に関連展示会を取材、現在に至るまでに、前記訪問国以外にもスイス、イタリアほか東南アジア各国を含め15ヶ国を取材、渡航回数は81回を超える。

1992年、東京港をまたぐ吊り橋の名称募集に「レインボーブリッジ」で応募、最優秀作名として受賞（複数名あり）。2008年「東京下町人情物語・お涼恋唄」で日本文学館短編小説審査員特別賞受賞。2009年、日本文学館「明日は幸福か？」を問う165編の1編に「ありがとう・演歌・感謝」が掲載される。2010年「吉祥寺と小さなバー」コピスエッセイコンテストで佳作賞受賞。『明鏡止水　杖剣奔る』（2013年、文芸社）刊行。

愛しいラブレター　戀衣《こいごろも》

2024年9月15日　初版第1刷発行

著　者　八十八 學無
発行者　瓜谷 綱延
発行所　株式会社文芸社
〒160-0022　東京都新宿区新宿1－10－1
電話　03-5369-3060（代表）
03-5369-2299（販売）

印　刷　株式会社文芸社
製本所　株式会社MOTOMURA

ISBN978-4-286-25623-8